U0658627

秘密结晶

〔日〕 小川洋子 著

姚东敏 译

上海译文出版社

　　我时常在想：最先从这个岛上消失的是什么呢？

　　"在你出生很久以前，这里可满坑满谷都是林林总总数不清的各种事物哦。声音清脆的呀，芬芳迷人的呀，随风飘扬的呀，细腻滑润的呀……总而言之，有你想象不到的各种美丽事物哦。"小时候，妈妈经常把这些故事讲给我听。"可悲哀的是，住在这个岛上的人们没办法永远把这些美丽事物长长久久地存留在心中。只要住在这个岛上，心里的东西就会一个个依次消失。或许很快，在你心里排在最前面的事物消失的时刻就要到了。"

　　"那很可怕吗？"我有些担心地问妈妈。

"不，没事的，既不疼痛也不难受。早上在床上睁开眼睛，不知不觉已经结束了。紧紧闭上眼睛，侧耳倾听，感受一下清晨空气的流动方式，发现有某个地方和昨天不一样了，这样你就知道自己失去了什么，有什么从岛上消失了。"

妈妈只有在地下工作室时，才会给我讲这个故事。地下室约有二十张榻榻米大小，粉尘飞扬，地板粗糙。北面朝着河底，听得到水声。我和妈妈悄声交谈，我坐在自己专属的圆凳上，妈妈要么研磨着凿子，要么用锉刀打磨着石头——她是雕塑家。

"有事物消失时，岛上会吵一阵子。大家在街上三五成群，一起回忆消失的东西，感怀留恋啊，感到寂寞啊，再相互安慰一下。假如是有形的东西，大家会各自把东西拿来放到一起烧掉、埋土里、扔河里。不过，这样小小的喧嚣有个两三天也就平复了。大家很快又回到原来日复一日的生活，甚至连有什么消失了这事儿都想不起来了。"

之后，妈妈停下手里的活计，把我带到楼梯背面。那里放着一个旧橱柜，柜子上排着许多小抽屉。

"来，任选一个喜欢的抽屉拉开看看。"

我摸着抽屉，看着一个个锈迹斑斑的椭圆形把手。选哪个好呢，我想了很久。

我总是拿不定主意。因为我太了解里面放着的是多么不可思议、多么具有魅惑力的东西了。妈妈把迄今为止从岛上消失的东西都藏在了这个秘密场所。

我终于下定决心，拉开一个把手。妈妈微微笑着，把里面的东西放在掌心里。

"这个啊，是妈妈七岁的时候消失的，是名叫丝带的布料。可以装饰头发，还可以缝在服装上。"

"这个是铃铛。拿在手上晃一晃，听，会发出小小的声响吧。"

"哇，今天可是选了个很棒的抽屉呢。这是妈妈最珍重的绿宝石哦。是外婆的遗物呢。明明这么可爱，这么贵重，这么有品质，是这个岛上最最宝贵的宝石，大家却也早就不记得它的美了。"

"这个虽然小小的薄薄的一片，但它是很重要的东西哦。想把什么信息传达给某个人的时候就写封信，把这张'邮票'贴上。这样，就可以送到任何一个地方了。那已经是非常久远以前的事了。"

丝带、铃铛、绿宝石、邮票……妈妈口中的这些词语，简直就像外国女孩的名字或者全新的植物品种的名字一样让我激动不已。我听着妈妈的话，快乐地想象着那些东西还齐齐整整鲜活地在岛上存在时的景象，可是又那么难以想象。

妈妈掌心的东西就像冬眠中的小动物一样，只是一动不动地趴在那里，并未发出任何信号。我屡屡生出一种无可依托的感觉，俨然去抓飘在空中的云朵来制作黏土手工一般。我在秘密抽屉前，将所有注意力集中在妈妈的每一字每一句上。

我最喜欢的是关于"香水"的故事。那是一种装在小玻璃瓶里的透明液体，妈妈第一次把这个瓶子拿给我时，我误以为是糖水之类的东西，差一点儿凑到嘴边。

"哎，那可不是喝的东西啊。"妈妈连忙笑着说。

"这么着，抹一滴在脖子上。"妈妈把玻璃瓶拿到耳后，小心翼翼地缓缓滴出一滴液体。

"这样做是为了什么呢?"我不明白。

"香水其实用肉眼是看不到的哦。虽然肉眼看不到，但还是可以封装在瓶子里。"

我盯着瓶子里面。

"香水抹在身上会散发出迷人的芬芳，能让人陶醉其中。

在妈妈还是年轻姑娘的时候，大家约会前都会抹上香水哦。选喜欢的男孩中意的香味儿跟选衣服差不多重要。这是我和你爸约会时总会抹的香水。妈妈和爸爸经常在南山山坡上的玫瑰园碰面，找到不输玫瑰香味的香水可真不容易。风儿吹过，妈妈的秀发随风飘动，眼神不经意间往爸爸那边一瞥，他正好闻到我身上的芬芳呢。"

说到香水时，妈妈是最为兴致高昂的。

"那时，大家都能感受到这迷人的香气，都能体会到其中的美妙，可现在已经不行了。香水哪里都没得卖了，没人对这有需求了。香水消失，是在我和爸爸结婚那年的秋天。大家都把自己的香水带来，集中到河边，打开瓶盖把里面的液体倒进河里。也有几个人倒完还恋恋不舍地把瓶子凑近鼻子来着，不过，已经没人能再感受到那种芬芳了，连和香水有关的记忆也都消失殆尽，沦为派不上什么用场的单纯的清水了。之后两三天，河里气味呛鼻，鱼儿也死了不少，但是没人在意了，因为芳香已经从人们的内心消失了。"

说完，妈妈眼神落寞，拥我坐在她的膝头，让我闻闻她脖子上的香水味。

"怎么样？"妈妈问。

我不知道怎么回答才好。好像的确有某种香味儿，跟面包烤好时的气味不一样，跟泡在游泳池消毒池里闻到的也不一样，空气中飘荡着某种感觉，可任凭我想破了脑袋，就是无法突破这些想象。

我陷入了无尽的沉默，妈妈灰心地轻轻叹了口气："算了。对你来说，这仅仅是一点点水而已吧。没办法啊，要想象已经消失的东西，在这个岛上也太难了。"

说着，妈妈把玻璃瓶放回了原来的抽屉。

地下室的挂钟敲响九点的钟声，我要返回儿童房睡觉了，妈妈拿起凿子和锤子开始着手工作。换气窗外挂着一弯新月。

妈妈给我晚安吻时，我一直以来都在寻求答案的疑问终于脱口而出："妈妈，您为什么还能牢牢记着已经消失的事物呢？大家都已经忘掉的香水的气味，为什么您到现在还闻得到呢？"

妈妈望了几眼窗外的月牙，掸了掸散落在围裙上的粉尘。"妈妈也一直在考虑这个问题呀。"妈妈的声音略显嘶哑，"但我也不知道。为什么唯独妈妈什么都没丢失呢？为什么永远、永远地记得所有一切呢……"妈妈就像遭遇了什么不幸似的垂下了眼帘。为了给她抚慰，我又给了她一个晚安吻。

妈妈去世了，后来，爸爸也去世了。之后，我始终孤身一人住在这个家里。从小就帮忙带我的奶奶前年因为心脏病发，也不在了。

翻越北山，在靠近水源地的村子里，好像是住着我的几位表亲，但我们一次也没见过面。北山长满了带刺的林木，山顶常年笼罩着云雾，几乎从来没有人涉足过山林深处。加之岛上大概没有地图这东西，这岛实际上是怎样的地形，无人知晓。

爸爸是野生鸟类研究员，在位于南山山顶的野生鸟类观测站工作。一年里有三分之一的时间常驻在观测站，获取数据，拍摄照片，孵化鸟蛋。

我老是打着给爸爸送便当的幌子，跑去那里玩儿。年轻的研究员们都很疼爱我，请我吃饼干、喝热可可什么的。

我坐在爸爸腿上，通过双筒望远镜观察。鸟嘴的形状啊，鸟类眼睛边缘的颜色啊，羽毛的展开方式啊，任何一个微小的特征都逃不过爸爸的慧眼，他总能准确地说出鸟类的名称。双筒望远镜对于还是孩童的我来说过于沉重，我的手腕很快就累麻了。这时，爸爸会用左手轻轻地帮我支撑。

我们两个人这样贴着脸观察鸟儿的时候，我有时会忽然很想问问爸爸："您知道妈妈工作室里那个旧柜子的抽屉里藏着什么吗？"

可是，每当我想问时，眼前总会浮现妈妈通过换气窗望向月牙的侧脸，就怎么都问不出口了。

取而代之脱口而出的是那句妈妈捎给爸爸的无关痛痒的话："让他早点趁热把便当吃掉哦。"

回去时，爸爸把我送到巴士车站，半路上有个饲养场。我把一片带回的饼干小礼物捏成了粉状。

"您下次什么时候回家呢？"我问。

"周六傍晚吧，大概……"爸爸不怎么确定地回答，"好了，要跟妈妈带个好哦。"

爸爸使劲挥着手，工作服胸前口袋里别着的红色铅笔、圆规、荧光笔、《工作守则》和镊子差点从里面掉出来。

我心想，幸亏鸟儿们是在爸爸去世之后消失的。大部分人就算随着某种事物的消失而失去工作，也不会陷入什么大不了的慌乱，而是很快另找一份新工作，但是爸爸不行。爸爸是除了能够准确说出鸟类的名称，别无所长的一个人。

对面的叔叔从帽子匠人转做伞匠了，老奶奶的老伴从渡轮调度员转做仓库管理员了，同班同学的姐姐从美容师转做助产士了，没人有一句怨言。即使薪水降低，大家也不会艳羡怀念过去的职业。而且，不管什么时候，假使有人私下嘀咕，就有被秘密警察盯上的风险。

包括我在内，事实上大家都能轻而易举地将事物一样一样忘记。这里俨如一座只能漂浮在一片广袤无垠、空无一物的大海上的岛屿。

鸟类的消失也跟其他事件一样，突如其来地发生在某天早上。

当时我从床上醒来，空气中弥漫着些许粗粝感，这是消失的信号。我裹着毛毯，仔仔细细地来回打量房间。梳妆台上的化妆品、桌子上散落的别针和便笺纸、地毯上钩花的式样、唱片架……任何微小的东西都存在消失的可能性。要探寻消失的是什么，必须全神贯注高度集中。

我下了床，披上开衫走到院子里。附近的人们也都走出家门，惶惶不安地向四邻打听。隔壁的小狗发出低沉的"呜呜"声。

当时，有只茶色的小鸟飞过高空。看上去轮廓圆润，肚子上混杂着少许白色的羽毛。

"那不是我在观测站跟爸爸一起看过的鸟吗？"

那一瞬间，我发觉自己心中跟鸟有关的一切正在消失。"鸟"这个词语的意思、对鸟的情感、跟鸟有关的记忆，一切的一切……

"这次是鸟了啊。"对面那位前帽子匠人叔叔落寞地说，"还好是鸟，也不会给人带来不便，反正它们只是在天空翱翔。"

叔叔重新系了系脖子上的围巾，小声打了个喷嚏。他的目光跟我一碰上，大概想起了爸爸是野生鸟类研究员这件事，尴尬地一笑，匆匆忙忙赶去工作了。

其他人也都因为消失的事物非常明确而一副内心安定的模样，各自投入早上的忙碌中去了，只有我久久地眺望着天空。

刚才那只茶色的小鸟画了一个大大的圆之后，远远地飞向北方的天空一角。那是什么种类的鸟来着？我怎么都想不起来。我真后悔，要是在观测站和爸爸一起用双筒望远镜观察时，记名字记得更认真一些就好了。

多想在心中至少留存住它展翅的方式、它的啼啭和颜色，如今却都是徒劳了。本应载满和爸爸在一起的记忆的鸟儿，已经无法唤起任何温情，只不过是在空中上下翻动翅膀的一种生物而已。

下午去市场购物的途中，一路上到处都能遇到人们提着鸟笼聚集在一起。鹦鹉、文鸟和金丝雀似乎都感受到了某种气氛，在鸟笼里展开翅膀。鸟主人们集体缄口不言，神情恍惚，看来尚未适应这次消失。

他们以各自的方式跟自己的鸟儿话别。有的叫着鸟儿的名字，有的用脸颊蹭蹭爱鸟，还有的嘴对嘴给鸟儿喂食。一系列话别仪式结束后，大家朝着天空把鸟笼门大敞开。鸟儿们一开始有些迷茫似的绕着主人身边飞来飞去，旋即被吸入天空深处，再也看不到了。

所有鸟儿飞走后，周边空气如屏住呼吸般一片死寂。鸟主人们提着空荡荡的鸟笼各回各家了。

就这样，鸟类消失了。

第二天，意想不到的事情发生了。我正边看电视边吃早餐，玄关处门铃响起。那种粗暴的响法让人有种不祥的预感。

"带我们去你父亲的工作室。"站在玄关处的是秘密警察。他们一行一共五人，身穿深绿色的上衣和裤子，系着宽大的腰带，套着黑色的皮靴，手戴皮手套，腰里别着若隐若现的武器，一切都让人心生恐惧。他们之间的区别似乎只在于胸前所别的种类繁多的徽章组合有所不同，当下我完全无暇确认。

"带我们去你父亲的工作室。"站在最前面，别着菱形、蚕豆形和梯形徽章的男人用和刚才相同的语调再次重复道。

"爸爸五年前去世了。"我为了让自己镇定下来，放缓语速说道。

"这我们知道。"别着楔形、六角形和 T 字形徽章的男人这样说道，以此为号，五个人齐刷刷穿着靴子进入室内。五双靴子发出的声响和武器与枪栓碰撞发出的硬邦邦的动静在屋檐下混响在一起。

"地毯刚刚打扫过，请脱下你们的靴子。"我也明白自己应该要求些其他更加重要的事情，脱口而出的却只有这句愚蠢的话语。但是，他们根本无视我，径直走上二楼。

他们就像把我家的平面图装进了脑袋似的，不假思索地来到位于东边一角的爸爸的工作室，立即手脚麻利地开始做事。

首先，一个人把爸爸去世后一直紧闭的窗户全部拉开，另一个人用手术刀般细长的工具破坏掉书柜和桌子抽屉的锁，其余几人用手指伸进墙壁的边边角角，查看是否有秘密保险柜之类的。

之后，他们全体成员开始甄别爸爸留下的手稿、便笺纸、剪贴本、书籍和照片这些材料。他们视之为危险的东西——但凡任何一处发现哪怕一个"鸟"字——就哐哐扔到地上。我倚在门口，把门把手的按钮按了弹弹了按，盯视着他们的所作所为。

我曾经有所耳闻，他们都经过一段时间的有素训练。五人作业进行了最为高效的明确分工。他们一言不发，目光锐利，没有多余动作。只有纸张相互摩擦的声音，就像鸟儿展翅的声音一样飘荡在耳边。

转眼间，地板上的文件已经堆积如山。这个房间里应该几乎没什么东西是跟鸟无关的。写满爸爸熟悉字迹的手稿和爸爸住在观测站时辛辛苦苦拍摄的照片纷纷从他们手中哗啦啦散落。

他们确实在糟蹋东西，但由于手法过于干练，甚至让我生出一种被服务的错觉。总想着必须尽快提出抗议了吧……可胸口怦怦直跳，不知道怎么办才好。

"烦请再当心一点儿。"我试着提醒，然而只是徒劳，"对我来说，这些全都是爸爸的遗物。"

他们甚至没有朝我这边转一下身。我的声音只是被吸入了父亲层层堆叠的遗物之中。

一个人把手搭到了桌子最下面那个抽屉上。

"那里的东西跟鸟无关。"我连忙说。

爸爸总是把家人的信件和照片收在那里。戴着双圈形、长方形和水滴形徽章的男人无所顾忌地拉出抽屉继续做事。从中单单拣出了一张我们家人和爸爸人工孵化出的毛色艳丽的珍稀鸟类——名字已经记不起来——一起拍的照片。男人把剩余的照片和信件在桌上撂齐，放回了原来的抽屉。在那天秘密警察的所作所为里，这算是唯一正经的瞬间。

所有甄别完成后，接下来，秘密警察把地板上的东西塞进上衣内袋里备好的黑色塑料袋中。从不管三七二十一一股脑儿使劲塞入的情形看来，是打算全都扔掉。有塞进去这个环节，说明他们并非想要查出什么，而只是要处理和鸟相关的事物的残骸。彻底消灭它们才是秘密警察的首要任务。

我想，或许这场突袭跟妈妈被秘密警察带走时的状况相比还是简单多了吧。他们只要彻底打包到心满意足，就不会再回到这里了吧。毕竟爸爸已经去世了，这个家里残留的鸟的记忆只会越来越稀薄。

耗时长达一个小时的操作结束了，他们打包了十大袋。朝阳照射进房间，屋里热起来，他们胸前精心打磨过的徽章熠熠发光，但是他们中的任何人都一滴汗未流，气息丝毫未乱。

他们平均分配，每人双肩背两个口袋，乘着停在房子前面的卡车离开了。

仅仅一个小时，就让房间变了样。我一直珍而重之封存着的父亲的感觉荡然无存，取而代之的是一个无从填补的空洞。我站到了房间正中间，那是一个会把人吸进尽头某一点的深洞。

　　我如今写小说度日，迄今为止已经出了三本书。第一本是调音师为了找寻行踪不明的钢琴家恋人，靠着残存在耳中的音色彷徨在乐器店和音乐厅的故事。第二本是因为事故截掉右腿的芭蕾舞演员和植物学家恋人共同生活在温室中的故事。第三本讲的是一个姐姐看护因病从第一染色体开始依次溶解的弟弟的故事。

　　全都是些失去某种东西的小说。人们都喜欢这种故事。

　　但是，在岛上，写小说是最不显眼、最私密的工作之一。岛上不怎么见得到书。比邻玫瑰园的图书馆是一座逼仄的木质平房，什么时候去都只见得到两三个人的身影。破旧腐坏的书籍沉睡在书架一隅，从来不曾被人翻阅，甚至翻翻封面就会零落成尘。

没人修复这些旧书，它们全都被弃之不理。因而图书馆里的藏书也永远不会增多，却从来没人有什么怨言。

书店也是同样境遇。商区里不会有书店这种冷僻的场所。店主都板着一张脸无精打采，库存书封面都放得变了色。

这里视小说为必需品的人少之又少。

我基本上在下午两点到午夜时分埋头写稿，一天也就写个五页纸左右。我中意不疾不徐慢慢来，也没什么好着急的理由，细细花时间一字一句地斟酌。

工作室从前是爸爸的房间。但是跟爸爸使用时相比空旷了许多。我的小说既不需要参考文献，也不用素材备忘录，桌上只放着稿纸、铅笔盒、削笔用的小刀和橡皮。秘密警察留下的空洞已无法填补了。

到了傍晚，我会外出散步一个小时。通过滨海区域走到轮渡码头，回去时走盘山小路，穿过野生鸟类观测站回家。

渡轮长时间驻留在港口，锈得不成样子。再也没有人会乘坐它去往哪里了。渡轮也是从岛上消失的事物之一。

渡轮的名字原本用油漆书写在船体上，但潮湿的海风令其剥落，如今已经无法分辨。舷窗布满了尘埃，船底、船锚和螺旋桨被贝壳和海藻覆盖，俨如巨大的海洋生物尸骸等待着在此成为化石。

奶奶的老伴过去是渡轮调度员。渡轮消失之后，他当上了港口仓库管理员，现在退休，一个人住在这艘船里。我常在散步时拐到这里，和爷爷聊聊天。

"怎么样啊？小说进展如何？"爷爷边问边拉把椅子让我坐下。船里有几把椅子，我们根据天气情况和心情，有时坐在甲板长凳上，有时惬意地窝在一等船舱的沙发上。

"嗯……慢慢吞吞吧。"我回答。

"千万千万注意好身体哦。"爷爷每次必定少不了这一句，"这活儿一天到晚坐在桌前，全靠开动脑筋从无到有，可不是谁都干得了的。您父母要是还在世，一定会非常欣慰的。"老爷爷自己点着头说。

"写小说也没那么夸张啦。我觉得还是拆渡轮引擎、更换零件、再复原更神秘更难呀。"

"哪里哪里。渡轮消失了，我已经没用了。"

说到这里，总有一阵沉默降临。

"嗨，今天得了上好的桃子，削了吃吧。"爷爷走进锅炉房隔壁的小厨房。碟子下面铺上一层冰，上面摆上桃子，以薄荷叶做装饰，再给我倒上一杯满满的浓茶。不管机械、食物还是植物，爷爷样样精通。

我写过的小说都会先送一本给爷爷。

"哇，这是小姐您写的小说吗？"

他说"小说"两个字时极其认真，说完，深深地埋下头，仿佛捧着神圣的贡品一样双手捧书："多谢，多谢。"

不住的道谢声渐渐变成了泪水涟涟，令我十分困惑。

然而，爷爷一页小说都没看过。

每当我说："想听听您的读后感呢。"

"没什么感想。小说，一旦读到末了，一切就都结束了不是吗？太可惜了，我不能那么做。我想就这样永永远远珍藏在手边。"如此回答的爷爷把书供奉在了船长室里的海神祭坛上，满是皱纹的双手紧紧合十。

我们吃着点心，聊起很多很多，几乎全是过往的记忆。爸爸的事、妈妈的事、奶奶的事、野生鸟类观测站的事、雕刻的事，以及还能乘坐渡轮去外地的遥远的往昔的事……可是我们的记忆日复一日地不断减少。因为每当有事物消失，记忆也一并被清除了。我们分享着剩下的为数不多的点心，不疾不徐地在舌下慢慢含溶，一遍又一遍重复着相同的话语。

夕阳落下海平面，我要下渡轮了。舷梯并不怎么陡，但爷爷总是搭手扶我下来，好像还是把我当成小女孩。

"回家路上当心啊。"

"嗯，明天见。"

爷爷定定地站在那里目送我离开，直到看不见我的身影。

离开港口后，我会到位于山顶的野生鸟类观测站看看，但是已经不会在那里久待了。望望大海，深呼吸几次，就下山。

和爸爸的房间一样，那里也遭到秘密警察的毒手，成了一间废弃房屋。能让人记起这里曾是野生鸟类观测站的东西已经荡然无存，研究员们也都天各一方了。

我站在曾经和爸爸一起用双筒望远镜观测的窗前，现在也偶尔有小鸟靠近，但这些对我来说已经毫无意义。

走下山丘，穿过市集，不知不觉间日暮已深。傍晚的小岛愈发静谧。下班的人们低头赶路，孩子们匆匆跑回家，商品售罄的移动售货车的引擎发出运转不畅的声响，咔哒咔哒地从我身后驶过。

四下里鸦雀无声，全岛仿佛都在为明天可能到来的某种消失而做好心理准备一般。

就这样，小岛迎来了夜晚。

4

周三下午，我在去出版社交稿的路上遭遇了记忆搜捕。进入这个月以来，这已经是第三次了。

这种做法一天比一天变本加厉，愈发强制化、暴力化。现在想来，十五年前妈妈被秘密警察带走那天，是记忆搜捕的开始。

和妈妈一样没有丧失记忆的特殊人群的存在渐渐变得显眼，秘密警察把他们一个不落地统统带走。但是他们究竟被集中到了怎样的地方，无人知晓。

我从公交车上下来，过红绿灯时，三辆那种深绿色的卡车接连开过路口。其他车子赶紧放慢速度，闪到一边让开道路。卡车横在一幢内有牙科诊所、人寿保险、舞蹈工作室的综合性大厦楼下，大约十名秘密警察鱼贯而入。

周围的人们全都敛声屏气，有人藏身在路边岔道里。大家都期盼眼前的景象尽早结束——在灾难降临到自己头上之前。然而，笼罩着卡车的空气像被吸进了时间旋涡中心一般，倏地静止了。

我把装有手稿的信封抱在胸前，一动不动地站在路灯灯柱的阴影下。红绿灯数次从绿变黄，变红又变回绿，没有一个人穿过人行道。乘客们通过电车车窗往这边张望。不知不觉间，我胸前的信封都被捏皱了。

过了一会儿，杂沓的鞋子声传来。几个被押解的人的脚步声混在秘密警察齐刷刷颇具压迫感的皮靴声中，他们一个接一个通过大厦楼门走出来。

两位中年绅士、一位头发染成栗色的三十来岁的女士、一位十三四岁的瘦削少女。寒风还没起，这四个人却都加了衣服，披着外套，脖子围上了围巾或披肩，还提着胀得鼓鼓的手提袋或旅行箱。感觉为了尽可能多地带上些中用的东西而煞费了一番苦心。

从他们纽扣还没扣上、袋子口还露着衣服边角、鞋带还没系上的样子看来，他们根本无暇做好充分的心理准备，短时间内就要收拾好行李。他们的后背顶着武器，但表情毫不慌乱，只是用一双双森林深处残存的池沼般静谧的瞳孔注视着远方。那些瞳孔里隐藏着许多不为我们所知的记忆。

秘密警察胸前的徽章依然闪闪发亮，没有多余动作，严格按程序行事。四个人从我面前经过，似乎有轻微的消毒水味儿，或许是有牙科诊所的人被捕了。

他们依次被押解进入带有车篷的卡车车厢里。武器须臾不曾离开他们的后背。走在最后的一位少女把带有小熊图案装饰的橙色背包扔进车篷，继而钻了进去。车厢踏板对少女来说明显过高了，她跌了一跤。

我不由得啊地喊出声来，信封从手中掉落，稿纸散落一地。旁边的人齐刷刷一脸不快地转头看向这边，大家生怕会给秘密警察多余的刺激，招致厄运。

一个站在我旁边的年轻人拾起稿纸递给我。有些落在水渍里湿了，有些被踩脏了，他匆匆忙忙归拢到一起。

"这些齐了吗?"年轻人在我耳边低声问。我点点头，只敢用眼神表达谢意。

不过，我所引发的这场小骚动并未对秘密警察的工作造成任何影响。没有一个人往这边瞧一眼。

率先钻进卡车的一个秘密警察搭手把少女拉进了车厢。她裙子底下露出的腿部纤细僵硬，还是个孩子的样子。车篷落下，卡车引擎发动了。

他们离开后，有一阵子，时间没有恢复流动。等到卡车引擎的声音远去，看不到卡车的影子了，路面上的电车重新开动后，我才得以确信眼前这场记忆搜捕终于完结，自身没有受到波及。人们再次迈步走向原本想去的方向，那个年轻人也走过了人行道。

我望着紧闭的大厦楼门心想：秘密警察的手在那个少女身上留下了怎样的感觉呢？

"来这儿的路上目睹了可怕的事情。"我在出版社大堂跟编辑 R 先生说。

"是记忆搜捕吗……"R 先生点着了香烟。

"嗯。近来好像越发严重了。"

"完全一筹莫展。"他吐出长长的烟雾。

"可是今天遇到的记忆搜捕好像有点不一样。发生在大白天，城市中心的大厦里，而且一下就带走了四个人。之前遇到的都是在晚上从住宅区带走一家子中的一个。"

"或许那四个人潜藏在了密室里吧。"

"密室?"

重复了一遍那个陌生的词汇后,我慌忙捂住嘴巴。大家都说这种敏感话题还是不要在公共场合议论为好,说不定哪里隐藏着秘密警察,关于记忆搜捕的传言满岛飞。

大堂里冷冷清清。垂叶榕绿植对面,除了有三位身穿西装的男士围着厚厚一叠文件交谈外,只有前台小姐百无聊赖地闲坐着。

"我觉得是大厦的一间房做成了密室。他们除了藏匿之外别无他法。听说有相当可靠的地下组织为他们提供救援,帮助他们藏匿。打通所有中间环节,提供安全场所,保障他们的物资和花销。可任凭是这样的密室,也被秘密警察闯入了,哪里还有真正安全的场所可言呢……"

R先生好像还有未尽之言,但是他的手朝咖啡杯指了指,视线转向大堂中庭,就此闭口不提。

中庭有个砖块垒砌的小喷泉,毫无装饰,简单朴素。对话中断后,隔着玻璃传来哗哗水声,远处响起拨动乐器柔软琴弦似的声音。

"我一直觉得很不可思议。"我看着他的侧脸说，"为什么秘密警察识别得出那些人呢？就是那些没受消失影响的人。我不觉得他们在外表上有什么共同特征，大家的性别、年龄、职业、门第，都各不相同。所以，如果他们有意识地混在其他人中间，是可以完美地蒙混过关的吧。假装消失也已经影响到自己的意识，应该不是那么困难的事情吧。"

"这怎么说呢……"他沉吟了一会儿，"或许，不是你想的那么简单啊。所谓自身意识，被数十倍之多的无意识包裹着，我想不是那么容易完美掩饰的。对他们而言，也没办法想象记忆消失是什么样的状态。要不是这样，他们也不会藏匿到密室里去了。"

"的确如此。"

"有一种还没经过证实的说法，说是可以通过分析 DNA 识别出拥有特殊意识的人群。分析 DNA 的技术人员在大学研究室里进行秘密培养。"

"DNA……分析……吗?"

"对。就算外表上没什么共通点，深挖到 DNA 层面做彻底分析，总能找出某种共同特征吧。从最近这段时间的记忆搜捕之彻底来看，估计他们的研究取得了相当大的进展。"

"可怎么才能得到 DNA 呢?"我问道。

"刚才你用这个杯子喝了咖啡吧?"R 先生把香烟按在烟灰缸里,将杯子举到我眼前。他的手指近在咫尺,几乎触碰得到我的气息。我双唇紧闭点点头。

"拿着这个检出唾液,解读 DNA,对秘密警察来说不费吹灰之力。他们潜入一切场所,当然,出版社大堂的茶水间也被包括在内。不知不觉间,岛上所有人都被分析、被数据化、被登记在案了。无从估计这项工作进行到了什么程度。我们再怎么当心,自己身上的某些东西也就是 DNA,总会掉落在各个地方。头发啊,汗液啊,指纹啊,油脂啊,泪水啊,总之各种物质总会从身上脱落。所以,避无可避。"

他慢慢把杯子放回杯托,视线停留在犹剩半杯的咖啡上。

垂叶榕对面的人不知道什么时候已经谈完事情,不见了踪影,留下三只咖啡杯。前台小姐面无表情地把杯子收进托盘。

"可即便如此……"等前台小姐走后,我接着说,"为什么他们一定要被带走呢? 又没发生什么不妥的事……"

"从统治者的角度来看,在这个一切事物依次消失的岛上,不会消失本身已经不妥,也是不合规的了,于是就由他们亲手强制清除。"

"妈妈到底还是被杀害了吧?"我知道跟 R 先生问这种事不太合适,可还是不由自主地脱口而出。

"能够确定的是,她被当作调查、研究的对象了吧。"他字斟句酌地答道。

之后又是一阵沉默。我的耳边只听到喷泉的声音。我们两个人中间静悄悄地摆放着满是皱褶的信封。R 先生拉过信封,从中取出手稿。

"在只有事物不断消失的岛上,这样用语言进行创作真是不可思议啊。"他说着,像是安抚可怜的小动物一般,擦拭着被尘土弄得粗涩的稿纸。

那一刻,我们意识到,我们两个人在想同一件事。眼神碰触,已经彼此感知到对方一直以来内心深处一隅深藏的不安。喷泉溅起的水花反射出的光映照出他的侧脸。

一旦讲出来就会成真,不想被他察觉,我只是悄悄在心中嘟囔。

假如语言也消失,会变成什么样呢?

5

秋天转瞬即逝。波浪的声音开始变得冷冽尖锐，山对面吹来的季风带来了冬天的云。

爷爷从渡轮那里过来，帮我打扫壁炉，给水管缠上棉布，焚烧院子里的枯叶，做好各种过冬的准备。

"今年可能迎来时隔十年的又一场降雪哦。"爷爷一边把洋葱悬挂在院子里粮仓的顶棚上一边说，"夏天采来的洋葱的皮要是成了这种漂亮的糖浆色，变得像蝴蝶翅膀一样又薄又干，这样的年份就会下雪。"

我剥了一片洋葱皮，握在手心里搓碎，发出令人心旷神怡的"啪啪"声。"那么今年能见到我出生以来的第三场雪啦。好期待啊。爷爷您见过几场雪呢?"我喜不自胜地说。

"从来没数过。乘坐渡轮开到北海的话,那雪下得人够够的。这都是小姐您出生很久很久之前的事了。"

说完,爷爷接着挂洋葱。

一切准备就绪,我们点燃壁炉,在厨房里吃华夫饼。刚刚打扫完的壁炉似乎还不适宜出火,火苗缩着蹿不起来,发出闷响。窗外出现飞机云,院子里烧过火后,升起一股细细的残烟。

"您总是来帮我干这干那,可帮了大忙了。冬天要来了,我孤零零一个人,总有点惴惴不安来着。对了,前些日子我织了件毛衣,可以的话,请您试试看?"

吃完一块华夫饼,我拿出预先备好的自己织的灰色毛衣递给爷爷。他惊讶地蠕动喉头,喝了口红茶,像我送他书时一样,双手捧起毛衣。

"我这只是举手之劳,怎么受得起您这么贵重的心意呢。"

然后,他脱下自己身上满是毛球的毛衣,像卷用旧了的毛巾一样卷成一团塞进包里,宛如穿上不再脱下的易碎物品一样,小心翼翼地将胳膊伸进新毛衣的袖子。

"哇,好暖和啊。又轻又软,身体好像要飘起来了。"

尽管袖子稍微长了点，下摆有点局促，可爷爷全然不在意。他吃着第二块华夫饼，沉浸在新毛衣带来的感受中，就连唇角溢出的蛋奶酱粘在了脸上都没有发觉。

　　爷爷把装满钳子、螺丝刀、砂纸和机油的工具箱绑在自行车后座上，回渡轮了。从第二天开始，正儿八经的冬天终究还是来了，不穿外套没法在户外活动了，屋后的小河早晨结上了一层冰，移动超市带来的蔬菜种类也在减少。

　　我待在家里写第四部小说。这次是个打字员失去声音的故事。她和在打字学校当老师的恋人一起踏上找寻自己的声音之旅。她在语言治疗师那里接受治疗。他用双手抚摸她的喉咙，用嘴唇温暖她的舌，反复播放二人过去一起录下的歌。然而，声音还是没有回来。她打字和他交流，机械"咔哒咔哒"的声音总像音乐一样在二人之间流动，而且……

　　情节接下来会如何发展，我也还没想好。目前简简单单一片祥和，可我总有一种故事走势危险的预感。

　　过了午夜，我在写作时听到远处什么地方传来敲玻璃的声音。我放下手里的铅笔，竖起耳朵听，外面只有风声呼啸。我重新回到写作中，刚写了一行字，敲击声再次响起。咚咚咚，声音有规律、有控制。

我拉开窗帘朝外面看。附近的住家全都熄灯了，一个人影也没有。我闭上眼睛，集中精神倾听敲击声来自哪里，推测出或许是来自地下室。

妈妈去世后，我极少再踏进地下室，入口处上了锁。上锁上得太用心，还颇费了些工夫。我拉出抽屉，取出放钥匙串的罐子，从里面翻找那把生了锈的钥匙时，发出相当刺耳的杂音。直觉上理应是保持安静比较安全，可那敲击声始终耐心谨慎，反而令我更加焦急了。

总算开了门，我下了楼梯，打开灯时，看到通往河边洗衣台的玻璃门上，映出了人的身影。

说是洗衣台，实际上在那里洗衣服还是奶奶那个年代的事了。妈妈有时在那儿洗洗用脏了的雕刻刀具，那也已经是十五年之前了。

那里在河床底下用砖铺出了一张榻榻米大小的区域，可以从地下室的玻璃门往下走到那里。小河宽度不过三米左右，一座手工打造的——爷爷打造的——木桥连到对岸，现在已经朽坏得扑啦啦掉渣了。

那样的地方怎么会有人站着呢？

这个疑问在我心中东钻西窜，同时我也在考虑着如何是好。是小偷吗？不，小偷才不会发出敲门声。是变态的恶作剧吗？可要是变态，敲门方式也太彬彬有礼了……

"是哪位？"我鼓起勇气问。

"不好意思，那么晚了。我是老乾。"

我打开了玻璃门，只见乾教授和他的家人站在一起。乾先生是我父母的旧友，在大学附属医院的皮肤科当教授。

"发生什么事了，这究竟是？"

不管怎样，我先把他们一家请进屋。单是听听他们脚下水流的声音都觉得寒冷刺骨，而且他们的状态明显不同寻常。

"实在是抱歉。深知给您添麻烦了……"教授连声道歉。夫人未施粉黛，脸颊湿润，不知道是冻的还是泪水的缘故，眼睛肿肿的。十五岁的姐姐咬紧牙关，八岁的弟弟止不住好奇心，到处东张西望。四个人身体彼此紧挨着。夫人握着教授的手腕，教授搂着姐姐的肩膀，两个孩子手牵手，弟弟捏住妈妈外套的下摆。

"千万别客气。你们平安过桥了呢，挺吓人的吧，那桥已经摇摇欲坠了。怎么不从正门过来呢？啊，不管什么情况，先请跟我去上面暖暖和和的起居室吧，这里什么都办不成。"

"谢谢您。可我们没有时间了，而且也不能引起别人注意。只能在这儿悄悄躲过这一关。"教授叹了口气。像是发出了信号似的，四个人的身体挨得更紧了。

他们全都穿着羊绒质地的高档长款外套。头部、手部、脚部，但凡暴露在外的部位一律用毛绒衣物包裹严实，并且人人双手提着一个与其体型相称的大包，个个看起来都心情沉重。

我把妈妈的工作台大致整理了一下，把椅子拉到一起请他们坐下，行李摆在桌子下面。我也不知道怎样开启话题。

"终于还是来了，到我们头上了。"教授靠在桌上，双手交叉，声音闷在手指构筑出来的半圆形空间里，嗓音低沉地说。

"是什么？"见教授似乎再难吐出下一句话，我忍不住问道。

"被秘密警察传唤的通知书。"教授回答，声音理智沉着。

"呃，为什么……"

"我们收到要去 DNA 分析研究所报到的命令。明天，哦不，已经是今天了，今天早上就来接我们。我已经被大学解除教职，也被迫搬出了教职员工宿舍，我们全家都被命令搬去那个研究所。"

"那个研究所在什么地方呢？"

"不知道，位于什么地方、是怎样的建筑物，没人知道，但是猜得出那里进行着什么勾当。表面上说是医疗相关的研究所，其实就是记忆搜捕的帮凶，他们想用我的研究成果找出记忆不会消失的人们。"

我想起在出版社大堂听到 R 先生讲过的事情。原来那并不只是谣言。而且，近在咫尺的人都被卷入其中了。

"收到传唤通知不过是三天之前的事，完全没有时间容我们慢慢研究事态发展。给的报酬是现在的三倍，孩子的教育设施一应俱全，个税、保险、车子、住宿，方方面面都有特权，条件好到令人害怕。"

"跟十五年前那个信封一模一样。"

乾夫人开口了。跟眼睛一样，她的声音也有些湿润。姐姐望向每个说话的人，静静听着。弟弟戴着手套，小心翼翼地摸了摸桌上放着的雕刻工具。

我记起了十五年前妈妈带我来这里时的情景。当时来和我们搭话的正是乾氏夫妇。那时我还只是个小女孩，而乾夫人怀里抱着刚出生不久的姐姐。

传唤通知书装在一个手感粗糙的淡紫色信封里。那时没人知道记忆搜捕这个词，爸爸妈妈和乾氏夫妇也没什么危机感。只是因为从字面上来看，不知道会去多长时间，或者说要去几天，再就是不太明白为什么让妈妈去而有些惶惑。

但我觉得跟那个地下室里的抽屉有关。大人们剪开信封交谈时，我脑海里浮现出妈妈跟我讲秘密物品相关的故事时刻意压低的声音，和我问她为什么都没忘记、都能记得时，她忧郁的神情。

他们聊来聊去也没有得出结论。没有拒绝的理由，或许只是些鸡毛蒜皮的无聊小事也说不定。

"没关系，不用想那么多啊。"

"家里的事，以及照顾小姐，一切都有我们帮忙，放心吧。"

乾氏夫妇给妈妈打气。

早上，来接妈妈的秘密警察的车子高档到令人害怕。有一座房子大小，是颇具威严的黑色，擦洗得一尘不染。轮圈、门把手、引擎盖前端的秘密警察标志在朝阳照射下熠熠发光。座位由皮革制成，十分柔软，让人忍不住想去坐坐试试。

手戴白手套的司机为妈妈打开车门。妈妈还在跟乾氏夫妇和奶奶拜托着什么，跟爸爸拥抱，最后，慈爱地双手捧起我的脸颊。

　　目睹了车子的豪华程度和司机的彬彬有礼，大家放下心来。这么奉若上宾，想必不用担心了。

　　妈妈的身体埋进松软的车子后座，就像妈妈在雕塑展上获了奖，大家送她去参加颁奖典礼一样，纷纷挥手道别。

　　然而，那却是母亲生前我们见到她的最后一面。一周之后，她的遗体和死亡诊断书一起送了回来。

　　说是心脏病发作。在乾先生的医院做了彻底检查，也没发现什么疑点。

　　"……特邀协助处理我方秘密事项，不料因病至此，由衷表示遗憾……"

　　爸爸将秘密警察寄来的信念给我听，我却像是听外语符咒一般，一点儿都听不懂，只是默默看着爸爸的眼泪濡湿了淡紫色的信封，洇成小小一摊。

　　"便笺纸的纸质、打字机的字体、字与字的间隔，都跟您母亲那时一模一样。"乾夫人接着说。她绕了两圈围巾，在前

秘密结晶

面紧紧打了个结。每说一句，睫毛都在抖动。

"不能谢绝吗？"我问。

"谢绝就会被强行带走。"教授随即回答。

"不支持记忆搜捕行动，自己就会被捕。当然，一家老小都受连累。被捕之后，被带去哪里，会怎样，一概不知道。监狱？强制劳动？处刑？从见过的把人捆绑起来带走的记忆搜捕的做法看来，无论哪种都不会是什么让人舒服的好去处，这一点可以肯定。"

"那……您们会去那个DNA研究所吗？"

"不。"教授和夫人同时摇摇头，"我们去密室。"

"密室……"

这是我第二次听到这个词了，不由得低声重复。

"我们幸运地和救援组织取得了联系，他们会为我们提供安全的藏身之所。我们藏到那里去。"

"可是，你们的工作、生活，一切的一切都会失去啊。再怎么不情愿，也还是乖乖听从命令比较安全不是吗？孩子们也还小啊。"

"被关进研究所绝对没有安全可言。再怎么说都是秘密警察的行径，信不过的。一旦失去利用价值，为了保守秘密，他们恐怕会采取卑劣的手段。"

担心吓到孩子们，教授谨慎地选择着措辞。

两个孩子都老实乖巧。弟弟手里来回盘搓着平平无奇的小石子儿玩，就像在玩藏有机关的玩具。天蓝色的手套，款式质朴，怎么看都像是自家手工编织的。编成锁链花样的线绳把左右手连在一起，防止单只丢失。我想起自己从前也戴过这样的手套。在气氛凝重的地下室里，他的手套有种格外平和的感觉。

"况且，我们也干不出助纣为虐的事来。"乾夫人补了一句。

"可是，要是躲起来，收入、食物、教育、医疗等等这些，也就是说，乾先生的生活会变成什么样呢？不单单是生活这么简单。乾先生一家四口会成为怎样的存在呢？"

我还有太多事情没能想透彻。DNA、分析、研究所、救援组织、密室，这些词无处可逃般在我耳中久久回响。

"我们也不知道。"

说罢，乾夫人的泪水滑落下来。但她并没有哭，是在流泪，却不是在哭。说来奇怪，可我是这么认为的。她只是悲伤深切到无法哭泣，溢出了一滴透明液体。

"实在是事发突然，完全没有多余的时间。该准备些什么，收拾些什么才好，脑袋里全无头绪，也根本无法预测接下来会发生什么。光是做好当下的选择已经让人精疲力竭。去了那里存款账户还能不能用？是不是现金好点？还是换成黄金更好？需要带多少衣服？是不是要尽可能多带些吃的？是不是得把猫咪小冰安置好才行？……"

数不清的透明水滴纷纷掉落。姐姐从口袋里掏出手帕递给妈妈。

"我们还要决定从令堂那儿获赠的雕塑作品如何安置的问题。"教授说。

"我们消失之后，秘密警察为了搜寻我们行踪的蛛丝马迹，可能会闯进我们家里乱翻，翻得一片狼藉吧。所以，我们无论如何都想保留下来我们无比珍惜的东西，哪怕是一件。可是轻易托付给他人又是非常危险的，很可能泄露秘密。知道密室的人应该尽量控制在最小的范围内。"

我点点头。

"给您添麻烦了。令堂为我们所做的雕塑作品可以寄存在您这里吗？直到将来我们能够重逢的那天。"

教授说完，俨然认真演练过似的，快速从姐姐脚下的运动手提布包里取出五个雕塑作品，摆在桌上。

"这个是为了祝贺我们结婚为我们雕刻的貘。这边这个是老大出生时的贺礼。其余三个是令堂被秘密警察带走的前一天送给我们的。"

妈妈特别喜欢雕刻貘——这种见都没见过的动物。给姐姐的出生贺礼是用橡木雕成的大眼睛玩偶。我也拥有一个同款。但另外三个就有点另类了，是木片和金属片组成的迷阵般的抽象造型艺术品。三个都是手掌大小，表面没有打过砂纸，也没有涂过颜料。三个组合在一起看，既像是共同组成了某个形状，又像是彼此毫无关联。

"我都不知道妈妈被带走之前还留给了乾先生您这些东西。"

"我们也万万没想到这竟成了令堂的遗物。或许令堂当时也考虑到了万一的情况。她说，她也不知道下次何时才能正常工作，所以一直在地下室里闭门不出埋头创作。她无法接受把这些作品扔在工作室不管，所以拜托我们收下。"

"我们想把它们再存回这里。"乾夫人边把手帕叠成小块边说。

"没问题，放在这里尽请放心。非常感谢你们把妈妈的雕塑作品保存得那么好。"

"嗯，太好了。起码这些雕塑不会落到那些家伙手里了。"教授平静地莞尔一笑。

我很清楚，他们无论如何要争取在天亮之前尽快出发，很想为他们多少做点什么，可是大脑一片空白，不知道自己能做些什么。

我姑且转身上楼，去厨房热了牛奶，分别倒进马克杯端到地下。我们五个人默不作声地碰杯，一言不发地喝下牛奶。偶尔有人脸上露出想说点什么的神情，抬起眼帘，却又找不到合适的话语，只好继续喝下白色的液体。

由于电灯日久蒙尘，照在地下室里的灯光就像水彩颜料渗透进来的感觉。开了头——却永远无法完成——的石雕、发黄变色的素描簿、干透了的磨刀石、坏掉的相机和二十四色油画棒，都躺在房间一隅。动一动身体，椅子和地板就发出咯吱咯吱的声响。窗外，暗夜蔓延，月亮不见了。

"好好喝呀。"或许觉得每个人都始终一言不发有些奇怪，弟弟一边抬起头依次看着每个人的脸，一边说道。他的嘴唇四周沾了一圈白边。

"嗯，好喝的。"

大家都点头应和。虽然无法想象接下来前路等待他们的是什么，但起码这一刻拿在手中的牛奶是美味、温暖的就好。

"对了，所谓的密室在什么地方呢？说不定我能帮上点忙。送送必要物资，传递一下信息之类的。"

我问了我最关心的问题。乾氏夫妇四目相对，视线同时落在了杯中。片刻之后，教授开口说："让您如此费心，多谢了。但是，我们觉得跟密室有关的事还是什么都不让您知道为好。当然，绝不是担心您泄密。要是担心这个的话，从一开始就不会带着雕塑来到这里。只是无论如何也不想再给您多添麻烦了。您越是关心我们，越会危及您的安全。假如事态发展到秘密警察上门盘问的地步，您一无所知也就能够平安过关。可若是知道些什么，那些家伙怕是多么毒辣的手段都使得出。还请您别再多问密室的事了。"

"懂了。我什么都不知道。一无所知地在此祈愿乾先生您一家平安无事。最后，就没什么还可以为你们做的了吗？"我手握着空空荡荡的杯子说。

"可以借您的指甲剪一用吗？这孩子的指甲长了。"乾夫人拉过小儿子的手，客气地问道。

"这个简单。"

我从抽屉深处找出指甲剪，摘下他的手套。

"不动哦，很快就剪完。"

孩子的手指纤细柔滑，没有任何斑点和污垢。我弯下膝盖蹲在他前面，小心翼翼地捏住他的手指。眼神碰触，我看到他脸上羞怯地漾着微笑，小腿左右摇晃。

我从左手小指开始，依次慢慢剪过去。他的指甲透明柔软，指甲剪一碰就应声离开手指，像花瓣般掉落。大家都倾听着指甲剪剪指甲发出的微小声响，就像在深夜封印这一刻的琴键声音一般。

天蓝色的手套在桌上等待着一切的结束。

然后，乾氏一家消失了。

6

　我爬上楼梯。楼梯之窄，窄到要是上面有人下楼，都要担心如何错开身才好。台阶只由简朴的木板构成，既没有铺绒毯，也没有装扶手。

　登上这里时，我总有种身在灯塔的错觉。我小时候只去过一两次灯塔，记得那里有和这里极为相似的脚步声和气味，鞋子踩在木板之间的缝隙时发出的低沉的声音，还有机油的气味。

　灯塔已经不再放射出光束，大人们也不再去附近。海角被锋利的枯草覆盖，走到灯塔会划得腿上满是伤痕。

　那时我跟着表哥一起。表哥帮我舔舐了这腿上的一道道伤痕。

楼梯旁有个小屋，是过去供守塔人休息的地方。里面有一张折叠式茶桌和两把椅子。桌上整饬地排列着红茶茶壶、砂糖罐、餐巾、两个杯子、蛋糕盘和餐刀。

餐具和餐具的间隔也好，杯子把手的朝向也好，餐刀的光泽也好，全都过于一丝不苟，不禁让人有些毛骨悚然。可与此同时，又令人忍不住想象，放在如此美丽的餐盘上的，想必是美味的蛋糕。

守塔人明明离开这里好几年了，塔顶照射海面的探照灯明明早已冰冷，满是尘埃，却有种仿佛就在十分钟前还有人在那儿吃东西的氛围在。

望久了，似乎还能看到杯子里飘荡出来的热气。

我们在忐忑不安之中瞄着小屋爬上了楼梯，表哥在后，我在前。光线昏暗，加上一个个狭小的楼梯转角，估摸不准要爬多久才能到达塔顶。

当时我应该是七八岁的样子，穿着妈妈做的粉色背带裙，那裙子就算把肩带放到最长也明显过短了，我全然不懂要留意有没有不小心露出内裤。

可我们两个人为什么会去那种地方，我已经无论如何记不起来了。

正当我们爬得上气不接下气苦不堪言时，海浪声陡然变大，一股机油味扑鼻而来。不过，我一开始并没立刻发觉那是机油。起初还以为是什么对身体有害的药味飘了过来。我用手捂住嘴巴避免吸入，屏住呼吸，可渐渐难以支撑，头晕目眩。

下面传来碰到什么东西的"哐当"声。我估计是在小屋里吃蛋糕的人爬楼梯上来了。守塔人寒光闪闪的餐刀插入最后一块蛋糕，蛋糕在舌尖融化后，他嘴边还挂着奶油渍，追来抓我了。

我想向表哥求救，可万一身后不是表哥而是守塔人可怎么办，想到这里就不敢回头。塔顶是什么情况也无论如何没法确定，情急之下，我蹲缩在了楼梯中间。

过了多久呢，不知道什么时候，灯塔由上而下重回了宁静，海浪的声响也听不到了。

我又竖起耳朵听了一会儿，不像是还会有什么事发生，只有铺天盖地的静谧笼罩了四周。我鼓足勇气，缓缓回头看向背后。

后面既没有守塔人，表哥也不在。

即便如此，每次在这楼梯上莫名想起灯塔的事未免可笑。我来这儿是为了和男朋友约会的，本该心里小鹿乱撞，总会一路小跑爬上来才对，何苦来辨析着脚步声，一级一个脚印地踏上来？

这里是教会的钟楼。上午十一点和下午五点，一天两次响起钟声。

一楼有间收纳调钟工具的储藏室，大小刚好跟灯塔上的小屋差不多大。最上面理所当然是钟楼的机械室，我也没爬上去看过。男朋友在钟楼正中间的打字教室等我。

记不清是第几次了，走过楼梯平台就能听到打字的声响。磕磕巴巴的和行云流水的交织在一起。大概是刚开始学习的学生和快要毕业的优秀学生正在一起练习吧。

此刻他正站在身为初学者的女朋友旁边，注视着女生胆怯地敲下键盘的手指吧。女朋友出错时，他会轻轻扶着她的手指敲下正确的按键吧。就像从前对我做的那样……

写到这里，我放下了手中的铅笔。新的故事进展得不太顺利，要么在同一个地方来回打转，要么倒退回去，要么钻进了死胡同走不出来，根本看不到希望。不过，这种进退维谷是常态，我也并没有十分在意。

"最近怎样?"

每次碰面，R先生必问。我也不清楚他是问小说的进展，还是关心我个人的情况，就说："嗯，就那样吧。"但后来发现他在问的始终都是小说。

"光在脑子里盘算可不行，还是要动手写出来啊。"

他极少用这种斩钉截铁的方式说话，我默默点点头，右手伸到他的面前，绷直手指给他看："喏，是从这儿编织出故事来的。"

他像是看到了我身体上最容易受伤的部位，谨慎地移开了视线。

今天怎么都该睡了。疲劳过度，手指都僵直了。我把铅笔和橡皮收进笔盒，摞齐稿纸，压上玻璃镇纸。

我躺在床上想着乾先生一家的事。那天之后，我从大学和教职工宿舍旁边走过好几次，表面上看没什么异样的氛围。学生们悠闲地躺在草坪上休息，五十来岁的保安在校门一侧的保卫室里忙里偷闲读着关于盆栽的书。

教职工宿舍位于校园背后，各家阳台上七七八八地晾晒着被子。我屏气凝神，从一头开始一个个数着窗户，找到了乾先生一家居住的 E 栋 619 室。这户的阳台被收拾得一干二净。

我还去大学医院皮肤科的候诊室去看了看。教授的出诊日是周三，但那天挂着的是副教授的名片，发生变化的只有这张小小的名片。护士小姐拿着药物、纱布和病历本走来走去，患者撸起衣服，向医生展示被细菌感染了的皮肤，没人对教授的消失感到讶异或者悲伤。

乾先生一家仿佛融进了天空一样，消失得无影无踪。

他们依然能够躺在拾掇到干净得近乎病态、软和得足以让人做个好梦的床上睡觉吧？还是能够在整饬地备有四人份餐具的餐桌上用餐吧？当时没听清楚，猫咪小冰怎样了呢？要是和雕塑作品一起寄存过来就好了。不过，假如让乾家的小猫在家里转来转去怕是会引起怀疑。对方可是秘密警察，必定连猫的品种、身形、长相都调查得一清二楚了。

我怎么睡都睡不着，担忧的事像气泡似的不停地噗噗冒出来，始终飘荡在心中，久久不能散去。

所谓的救援组织当真可以信赖吗？那到底是怎么回事，教授也没跟我详说。但至少能保证孩子们健健康康吧？弟弟的小手在天蓝色的手套里又长大了不少吧……

第二天醒来，新的消失又不期而至。

一场大降温，早上，院子里覆上了一层冰霜。拖鞋、水龙头、火炉炉膛、面包筐里的黄油面包卷等家里的许多东西都冻得透透的。昨晚呼呼狂刮的北风不知道什么时候停歇了。

我把昨天剩下的焗饭放进烤炉，旁边摆上锡纸包裹的黄油面包卷。水壶里的水一开就冲开红茶，加了蜂蜜喝下。总之，不够热乎的食物没什么心情入口。

洗餐具太麻烦，我直接拿勺子从炉子上的锅里舀焗饭吃。当烤出香喷喷的气味时，打开锡纸，在面包上滴上蜂蜜。

我嘴里嚼着饭，思忖这次消失的会是什么。唯一能确定的是，不会是焗饭、黄油面包卷、红茶或蜂蜜，因为我还能和昨天之前一样品味这些食物。

不管怎样，食物消失是令人感伤的。过去，移动超市的货柜车上食物塞得满满当当，现如今却满眼都是空货架。

小时候，我最喜欢四季豆加得多多的沙拉。土豆、白煮蛋、番茄加上蛋黄酱拌在一起，再撒上香芹。妈妈经常问开移动超市的大叔："请问有新鲜的四季豆吗？能脆生生掰开那么新鲜的。"

好久都吃不到四季豆沙拉了。四季豆沙拉长什么样子，是什么颜色、什么味道，我都已经记不起来了。

我把吃完的焗饭锅拿下炉子，调小炉火，什么都不加，喝了第二杯红茶，手指上沾了些蜂蜜，黏黏的。

如此清冷的早晨，河水似乎没有上冻，隐隐约约有水流声。耳边传来大人孩子一起涌往后巷的脚步声和隔壁的犬吠声。一如往常，消失发生的早上依旧人声嘈杂。

我趁热吃完了面包卷，循着脚步声打开北边的窗户。前帽子匠人叔叔、惯常一副冷面孔的隔壁夫妻、茶色斑点狗，还有背着双肩包的小学生们都聚集在一起，一言不发地望着河流。

不过，称之为河流未免有点怪，也太美化了。其实直到昨天，那也只是一条只能偶尔看到鲫鱼翻身、乏善可陈的小河。

我从窗户里探出身子，定睛看了又看。水面被红色、粉色、白色等难以言明色彩的小碎片填埋了，填得严严实实，毫无缝隙。从上面看下去，那些碎片似乎是某种柔软的物质，它们交互叠加连成一片，移动的速度比平时小河的流速要缓慢一些。

我连忙跑到地下室，来到迎来乾氏一家的那个洗衣台。那里是能看到小河的最近的地方。

洗衣台冷冽粗糙，三叶草从砖缝里钻出来。脚下有着那种不可思议的流动，我跪下来，双手放进河里掬起一把河水，手心里沾满了玫瑰花的花瓣。

"不得了啊。"前帽子匠人叔叔从对岸喊道，"简直了。"

其他人也都纷纷点着头。孩子们背着书包追着河水跑，书包里的东西咣啷乱响。

"别绕道，都去上学去。"叔叔叫着。

片片花瓣都还没有枯萎，不仅如此，或许是浸了冷水的关系，它们甚至比长在花上时更加鲜翠欲滴，香气升腾在河面上飘浮的雾霭中，氤氲扑鼻。

目力所及都是花瓣。我只在掬水那一瞬间看到了一眼水面，花瓣立刻又涌过来覆上。一片片好像中了催眠术，被河面吸附了一般。

我把沾在手上的花瓣放回河中。花瓣有边沿像蕾丝花边一样卷曲的，色彩或黯淡或浓艳，有的花萼还附着在上面，形形色色。这些花瓣挂在洗衣台的砖块上，一会儿又被水流卷走，和其他花瓣混在一起无从分辨。

　　我洗了把脸，只抹了层面霜，没有化妆，披上外套出了门。逆着河流往上游走，想去山坡南面的玫瑰园看看。

　　河流两岸聚集了很多人围观这一令人惊艳的景象。秘密警察也较之平日数量更多，不变的是他们仍旧腰里佩着武器，面无表情地立在那里。

　　孩子们静不下来，有的投石块，有的用不知从哪儿寻来的长棍搅动。但这些小小的调皮之举并未打乱水流。河里处处是沙洲或杵起的木桩，然而在铺天盖地的花瓣面前皆是螳臂当车。假如躺在里面，感觉花瓣会像柔软的毯子一般把人裹起来。

　　"可真让人吃惊啊。"

　　"这种让人咋舌的消失还是第一次见呢。"

　　"得拍张照片啥的吧。"

　　"算了，都已经消失的东西了，拍了又有什么意义呢？"

　　"要说也是。"

　　为了避免刺激到秘密警察，大人们都是窃窃私语。除了面包房以外，其他店家几乎全都大门紧闭。我本想去花店看看店里的玫瑰花怎样，可花店已经拉下了百叶窗，街上也都看不到公交车和电车的踪影。太阳渐渐从云朵间隙里露出来。接着，清晨的薄雾慢慢散去，但香气依然如故。

一如所料，花园里一支玫瑰花都不剩了，花枝上空余花刺和叶片，俨如嶙峋瘦骨一般歪向一旁。从山坡坡顶——野生鸟类观测站附近——刮过来的风把地面残存的花瓣运往小河的方向，叶片和花枝随风晃动。

平时有一位待在前台妆容讲究的姐姐，还有一些侍弄植物的工人，这些人现在一个影子都看不到，当然一位客人也没有。我也不知道该不该支付门票，最后径直穿过大门，沿着路上路标箭头所指的侧面小路走过去。

玫瑰花以外为数不多的花草，包括桔梗、蟹爪仙人掌、龙胆草，全都安然无恙，满怀歉意似的悄然立在那里。风唯独选出玫瑰花，卷走吹散了它的花瓣。

没了玫瑰花的玫瑰园一片肃杀之气，十分乏味。看到园子里种植的作为陪衬的其他草木，还有播撒肥料等修整的痕迹，愈发令人感到凄凉。我踩在施过肥的土壤上，听得松脆柔和的声音。河边的喧嚣还没传到这里。我双手插到口袋里，像是误入了无名氏公墓一样，走向山坡。

然而我发现，任凭我再怎么盯着花刺、叶片或花枝看，再怎么细读写有品种说明的立牌，都怎么也想不起玫瑰花的样子了。

　　河流三天后才恢复原状。水量和颜色都和原来毫无二致。鲫鱼之前或许是藏在了什么地方，现在又重新开始在河里游动。

　　到了第二天，在自家院子里种玫瑰花的人们各自到了河边葬花。他们一个个细致耐心地把花拆解开，一瓣一瓣地默默投进河里。

　　架在洗衣台顶的小桥下伫立着一位衣着打扮华丽的贵妇人。

　　"多么优雅的玫瑰花啊！"玫瑰花所能唤起的内心感受已经消失，她无比怜爱地抚摸着自己的花儿，我并非有意打扰她，只是不期然浮现在脑海里的话语脱口而出。

"谢谢。这花可是在去年的赏花大会上拿过大奖的呢。"她很满意我所挑选的说法，"这是父亲留给我的最美的留念了。"

她的指甲上涂着和玫瑰花颜色极为相似的蔻丹，毫无眷恋地把花瓣依次撒下。

所有程序完毕后，贵妇的目光在河流上丝毫没有什么挂碍的意思，以上流社会人士特有的慢条斯理的姿态告别，离我远去。

花瓣一片不剩地流入大海，被带向某个遥远的地方。任凭它有掩埋河流的能量，但在广阔的大海面前都不值一提，瞬间就被卷进波涛消失不见了。我和爷爷一起站在渡轮的甲板上看着这一幕。

"可为什么风偏偏分辨得出玫瑰花呢?"我用大拇指蹭着把手上的铁锈说。

"那种事不需要缘由。只有玫瑰花消失这件事是无法撼动的事实。"

爷爷穿着我送他的毛衣和他做维修机师时工作穿的裤子。

"不知道接下来玫瑰园会怎样。"

"那就不是小姐您操心的事了。其他花还会不会开，会不会变成果园，还是成为陵园，谁都不知道，也没必要知道，交给时间就好。时间不会听从任何人的指令，只会无畏地继续流逝。"

"野生鸟类观测站没了，玫瑰园也没了，山丘变得冷冷清清，剩下的只有萧条的图书馆了。"

"确实。先生还在世时，经常请我去观测站。每当来了珍稀鸟类，先生还借给我望远镜让我看。作为礼尚往来，一些下水道啊配电板的小问题，我也就帮着处理了。而且园子里的园丁是我发小，有新品种开花时都会请我来看。所以，我过去常常爬上这个山坡。不过对我这种人来说，图书馆没什么用，也就在小姐您出了书时，去图书馆查查那里有没有摆上书架而已。"

"哇，您那么关心我啊。"

"是的，我想着要是没上架还要去抱怨几句呢，但每次都摆得好好的。"

"哦。不过也没什么人特意跑去借我的小说看吧。"

"哪里，有两位来借过的。一名初中女生和一位公司男职员。我都详细查过借阅卡。"爷爷努力向我说明。寒冷潮湿的海风吹得他鼻头红红的。

花瓣在螺旋桨附近卷起旋涡。大概是漂过长长的河流沾上了盐水的关系，花瓣已经凋败，色彩黯淡，失去光泽，跟海藻、鱼的尸骸和垃圾混在一起分辨不清，不知不觉间，香味也没了。

不时有大的浪头打过来，渡轮微微晃动。每当这时，船身什么地方都会传来某种吱吱嘎嘎的声响。夕阳照射在对面山岬的灯塔上。

"您那位园丁朋友接下来作何打算呢?"我问道。

"他已经避世隐居起来了。到这个岁数了，就算不找新工作，也不用担心引起秘密警察注意了吧。就算记不起培植玫瑰花的方法，这个世上还有许许多多其他需要照顾的。比如给小孙子掏掏耳朵啊，为猫除除跳蚤啊，等等。"

爷爷用鞋头叩得甲板邦邦作响，那是双有些年头却依然结实的鞋子，宛如爷爷身体的一部分，穿惯了的。

"有时候，我有些说不清道不明的不安的感觉。"我的视线落在脚边说，"接下来还会有越来越多的东西继续消失，这个岛究竟会变成什么样呢?"

爷爷像是不太明白这个问题的含义，用手摸着长满胡须的下巴。

"要说会变成什么样……"

"在这个岛上，消失事物的数量要比新生事物多出好几倍，这一点是毫无疑问的吧?"

爷爷点点头，脸上的皱纹用力挤在一起，就像他头疼时一样。

"要说岛上的人们能创造点什么，无非也就是几种蔬菜、整天出故障的车子、简单的戏剧、笨重的火炉、营养不良的家畜、油乎乎的化妆品、婴儿、没人读的小说……都是些简简单单、靠不住的东西，完全没办法和消失相抗衡。有东西消失时的能量是非常恐怖的，没什么暴力性，可是彻底又迅速，大意不得。如果不把消失的东西的空缺补上，就这样放任不理的话，这个岛就要满目疮痍了。空空荡荡，没着没落的，指不定什么时候，这个岛就消失得无影无踪了? 我总觉得非常不安。爷爷，您没这么想过吗?"

"是啊……"

爷爷看起来越发困惑了，毛衣袖口反复撸上来拉下去。

"或许，小姐您是因为写小说的关系吧，所以会想得多了些，不好意思失礼了，就是，怎么说呢，您会有一些奇思妙想吧。写小说，就是个创作奇思妙想的事儿吧？"

"嗯，呃，是吧。"我欲言又止，"可我觉得跟小说没什么关系，那是更加现实的不安。"

"别担心。"爷爷干脆利落地说，"我在这里生活的年头比小姐长了不止三倍，也就比您多失去了三倍以上的东西。可我从来没有因为这而有什么不自由或者危机感，就连渡轮消失的时候也是这样。不能再乘坐渡轮去大海另一边买东西或者看电影了，浑身油乎乎地鼓捣机器的乐趣也没了，薪水也拿不到了。但这些都不是什么大不了的事儿。就算渡轮没了，我还是好好地过到现在了。仓库这边的工作也是，只要掌握了窍门也挺有意思的。到了现在，我索性把待惯了的仓库当成家了。我也没什么不知足的。"

"可是，关于渡轮的重要纪念和记忆也都一点不剩了啊。那可是浮在海面之上的钢铁呢。这样也不觉得难过吗？对这个铁盒子消失留下的空洞没有不安吗？"我仰头望着爷爷。

他抿着嘴唇搜索语言。

"确实，跟过去相比，我们岛上的空隙可能变多了。我小时候更加……怎么说呢，全岛充斥着就像一下煮干了似的紧凑的空气。可随着空气的网眼越来越大，我们的内心也越来越冷漠，这样来达到一种平衡吧，也就是跟渗透压力法则一样。所谓的平衡，就算崩盘也不会归零，所以别担心。"

爷爷连连点了好几次头。我蓦地想起小时候问他吃橘子为什么手指会变黄时，问他小宝宝在妈妈肚子里妈妈的胃和肠子塞到哪里时，他就是这样满脸皱起蜿蜒的皱纹思考怎样作答的。

"是的呢，不用担心的。"

"嗯，我保证。忘记和什么都不剩绝不是不幸的事。现在，心里什么都没消失的人不是会被可怕的秘密警察抓去吗？"

夜幕降临海面。再凝目注视，都看不到花瓣的身影了。

　　我发不出声似乎超过三个月了。如今在我和男朋友之间，打字机是必不可少的。只有二人依偎在一起时，打字机乖乖待在床边。我有什么想要传达时，就立刻伸出双手啪啪敲下键盘。较之写字，我打字要快得多。

　　刚开始得失语症时，我急于寻求发出声音的方法，又是用舌尖按摩喉咙深处，又是憋气憋到快要窒息，又是来回努嘴，想尽办法。可我也知道所有努力都是徒劳，之后只有依赖打字机一条路了。毕竟他是打字学校的老师，而我是打字员。

　　"生日礼物想要什么？"

不知道从什么时候开始，他和我说话时总习惯看向我的膝盖附近，因为我总是把打字机架在那里。

咔哒，咔哒，咔哒。

INKU RIBON GA HOSHII.（想要色带。）

他歪着头，左手搂着我的肩膀，读出我刚敲好的字母。

"色带？真是没追求啊。"他笑了。

咔哒，咔哒，咔哒，咔哒。

DATTE SHINPAI NANO INKU RIBON GA NAKUNATTARA WATASHI MOU ANATA TO HANASENAI.（可我担心，要是没了色带，我就没法和你说话了。）

就这样，两个人在一起时，我的肩头总能感受到他的温暖，很幸福，幸福到让人忘记了失语的悲伤。

"知道啦。我去文具店，把库里的色带都给你买回来。"

咔哒，咔哒。

ARIGATOU.（谢谢。）

话语一旦用字母排列起来，就跟说出口时有了不同的氛围。铅字敲过之后留下微小的凹陷，墨迹断断续续，略带倾斜几乎倒地的 J，正中间的角有所缺损呈锯齿状的 M，所有这些共同营造出了亲密和勇敢。我也在考虑 J 和 M 这两个字母无论如何都该修修了。

我还清楚记得在学校里他第一次教我换色带的情形。

那时我还处在一张张地重复练习 it、it、it……或者 this、this、this、this……那个阶段。

"今天，请大家记住色带的替换方法。"他说，"虽然稍微有点麻烦，但只要记住就很简单了，请大家好好看看。"

他先将手指伸进旁边的缝隙里一抠，打开打字机上盖，有一声小小的"嘎吱"声。

打字机内部呈现出比想象更加有趣的样貌。架起活字的杠杆、滑轮一样的小轮子、各式各样的针还有机油裹黑了的铁棍等组合在一起，共同构成了这个复杂的空间。

"用完的色带这样取下扔掉。"

他从右边的墨辕下面拔下用完的色带，色带尾部哧溜哧溜地从杠杆、轮子、针和棍子中间抽离。

"好了，这就行了。这就成新的了。色带正面朝上，插进左边的墨辕下面。滑溜溜的一面是正面。右手请牢牢抓住色带的尾端，不能松掉。最重要的是朝向和顺序，也就是以怎样的方向和怎样的顺序把色带塞进机器。就像给缝纫机穿线一样哦。第一步，穿过曲形针中间。第二步，是这个滚轮。第三步是这个针对面，第四步稍微往回……"

步骤的确有点繁琐，一次根本记不下来，其他学生看上去也都惴惴不安，但他的手指毫不在乎地一步步操作着。

"这样就换好了。"

色带好好地卷在了打字机里，大家同时松了口气。

"懂了吗?"

他两手叉腰，环视众人。他的手上既没沾上机油，也没染上墨水。手指一如既往洁净如初。

我怎么都记不住那个操作方法。不是中间色带缠住，就是再怎么敲键盘都打不出字来，总是这样。我上课的时候一直担心要是打着打着字色带断了可怎么办。

不过，现在已经不成问题了，我换色带的熟练程度甚至超过了他。自从打字机成为我的发声替代以来，三天就能用掉一条色带。旧的色带我也没有扔掉，都保存起来，想着只要我盯着色带上印刻的一串串字母看，或者用手指摸摸它们，说不定什么时候我的声音就恢复了……

我把手头写好的稿子拿给 R 先生看。稿纸页数相当可观，拿到出版社会很重，所以R先生登门拜访了。

我们花时间围绕每一行文字进行讨论，研究每一行是否必须保留。把一个词语替换成另一个——"本子"换成"手账"、"红酒"换成"果酒"、"视线"换成"眼神"，诸如此类，再添加一些描写不到位的，或者删去几十行。

R先生坐在沙发上，静静地翻看那叠手稿。他一边摸着稿纸左下角，一边熟练地把指尖夹在下一页，绝无多余动作。他总是用心保管手稿，每当看到他那认真的样子，我都有些紧张，心里暗自打鼓："我有没有写出配得上这份认真的小说呢？"

"好，今天就到这里吧。"

工作告一段落后，他从上衣口袋里掏出香烟和打火机，我把满是圈圈点点的手稿摞齐，用夹子夹好。

"为您换杯茶吧？"

"请给我来杯浓茶可以吗？"

"没问题。"

我在厨房切好蜂蜜蛋糕，重新倒了杯茶，端到待客室。

"这，是您母亲吗？"他指着壁炉台子上摆着的一张照片说。

"嗯。"

"是个美人呐。和你长得很像。"

"没有，我爸常说：你和妈妈唯一相像的地方只有牙齿坚固没有龋齿这一点了。"

"牙齿漂亮很重要啊。"

"妈妈工作室的桌上总放着用报纸包着的小沙丁鱼干，她常常一边嚼一边工作。围在儿童围栏里的我一闹腾，妈妈就往我那还没长牙的嘴巴里塞一条小鱼干，让我安静。我到现在还记得锯末和石膏混在一起的那个气味。沙拉沙拉的，很冲鼻子。"

他抬手扶了扶眼镜框，稍微低了低头，微微一笑。

之后，我们静静吃了会儿蜂蜜蛋糕。和他在一起时，谈完小说的事，往往不知道再说些什么。但氛围绝不尴尬，他沉静的气息也围绕在我的周围。而且，我也仅限于了解阅读手稿时的 R 先生，至于他的生平、家庭构成、度过周末的方式、中意的女性类型、支持的棒球球队等，我都一无所知。和他在一起时，他也只读我的稿子。

"这里保留了很多您母亲的作品吗？"

"不多。家里留下的都是送给爸爸和我的个人礼物，屈指可数。"

我又看了看妈妈的照片回答说。她穿着裙摆蓬蓬的夏季连衣裙，抱着我让我坐在她膝盖上，腼腆地笑着。因为总是抓握凿子、锤子、石块这些重物而关节粗大的双手抚摸着幼小的我的两只小脚丫。

"妈妈似乎不大喜欢把自己的作品永远搁在身边。但是我小时候印象中又觉得房间里到处满是雕塑……在秘密警察的传唤通知到来前，像是匆忙整理过，大概妈妈还是有些不祥的预感吧。那时我还小，已经记不大清当时的情形了。"

"工作室在什么地方？"

"在地下室。小河上游的村庄里有个小小的别墅，她有时也在那里搞创作，不过自从我出生以来，妈妈就一直在这个地下室工作了。"

我用拖鞋的鞋头戳了戳地板。

"没发现这个房子还有地下室。"

"说是地下室，其实也不全在地面以下。里面南侧的玄关面朝一条路，北边对着小河。我们的家是在河里打上石头地基，在地基上建起来的，所以地下室就在河底下。"

"相当复杂啊。"

"妈妈好像挺喜欢水的声音。她喜欢的不是波涛汹涌的那种激荡声响，而是静水流深的那种，所以连别墅也买在河畔吧。在她搞创作的现场有三样必不可少的小工具：水声、婴儿安全围栏和小沙丁鱼干。"

"这个组合也相当复杂。"

他拿打火机在掌心转了一圈，点着了香烟。

"要是不麻烦的话……"他不无迟疑地说，"能让我看看地下室吗？"

"当然，没问题的。"我随即回答。

他像是终于说出了长期以来郁结在胸的问题，悠悠地吐出一口烟雾。

"脚下还是冷飕飕的啊。"

"这就点上火炉。很久以前的火炉，不好用了，热起来需要些时间。不好意思。"

"哪里。这是从河里传过来的凉意，不会让人不舒服。别太在意。"

我们一起走下连接地下室的一段台阶。他在微暗中当心着脚下，小心翼翼地抓住我的右手腕。

"地方比想象中大呢。"

他环视了整个房间。

"妈妈去世后，爸爸心如刀绞，几乎再没踏进这个地方了，就一直荒在这里……"

我下到这里来，也是从乾氏一家来访开始。

"不必拘束，您随便看。"

工作台上留下的零零散散小东西、收纳工具的架子——最上面摆着乾氏一家寄存在这里的五个雕塑——通往洗衣台的玻璃门、木质椅子等，他一个个看过来。按说这里没什么有意思的东西，可他花了不少时间走遍了房间的每个角落，像是要把渗透了地下室的陈年凉气一股脑儿吸进肺腑似的。

"抽屉啊笔记本啊素描本什么的，尽管打开看。"我说。和翻阅手稿时一样，他以小心翼翼的手势触碰着那些东西。

随着他的动作，尘埃和雕刻的碎屑混在一起飘浮在空中，我透过明净的窗户向外望着晴空，耳边时不时传来鲫鱼跃出水面的声音。

"这是什么?"

最后，他的注意力落在了楼梯后面的柜子上。

"是妈妈过去藏秘密物品的柜子。"

"秘密物品？"

"嗯，怎么说呢，就是我所不知道的各式各样的东西……"

我一时语塞，不知道怎么解释好。他从一边开始，挨个打开抽屉，里面都是空的。

"什么都不剩了啊。"

"小时候确实每个抽屉里都放着东西来着。妈妈工作空当里经常给我看里面的东西，还把相关的故事讲给我听，都是些我在任何绘本上都没读过的故事。"

"现在怎么都空了呢？"

"不知道。到我反应过来，里面的东西已经全都没了。可能是妈妈被秘密警察带走时，在一片混乱之中消失了。"

"被秘密警察没收了？"

"不是，他们没有进到过地下室。知道这个柜子的秘密的只有妈妈和我两个人，就连爸爸都蒙在鼓里。大概是在秘密警察传唤前几天，妈妈用某种办法处理掉了吧。那时我还只是个十岁左右的小孩，还不明白藏在这里的东西有什么意义，到了妈妈收到传唤通知时，才好像明白了重要性。所以，我想，或者藏到了哪里，或者扔掉了，又或者托付给了什么人吧。"

"嗯……"

为了避免被楼梯的棱角碰到脑袋，R先生弓背低头，摆弄着一个把手。我都担心铁锈会不会弄脏他的手指。

"你能想起来这里放的是什么吗?"

他盯视着我问。窗玻璃的光映射在他的眼镜镜片上。

"我自己也一直尝试努力去回想，那些都是我和妈妈一起度过的宝贵时光，可就是不行，怎么都记不清。妈妈的表情、她的声音、地下室里空气的感觉，分明都还清楚地留在脑海里，却偏偏对抽屉里有些什么一片空白，就像只有那部分记忆的轮廓消失了一样。"

"哪怕是模模糊糊的印象也好。再怎么微小的一点儿记忆都好，很想听你讲讲。"他说。

"这个……"

我盯视着橱柜。过去这一定是个上档次的物件，现在却油漆剥落，把手生锈，染上了尘埃，毫不起眼。上面到处都是我小时候调皮粘上的贴纸的痕迹。

"妈妈最宝贝的是……"思忖再三后，我开口说道，"收在第二层这一带的抽屉里的外婆的遗物，是块绿色的小石头，就像拔下的乳牙似的，小小的硬硬的。当年正是我换恒牙的时候，经常去拔牙，所以会这么觉得。”

"好看吗?"他问。

"嗯，大概吧。妈妈常把它戴在手指上，迎着月光看得出神。我并没觉得好看或者可爱，也没有自己也想要的那种感觉，只是也想把它托在手心里看看，那就像是在茧里沉睡着的蚕。"

"没办法，在消失了的东西面前，大家都是这种感觉。"他用手扶了扶眼镜框，"莫非那块绿宝石是祖母绿?"

我起初不大明白他说的这个词语的意思。

"祖……母……绿……"

我念叨了好几遍他说出的这三个字。这三个字悄然在我内心深处不停回响。

"是的，确实是，祖、母、绿。嗯，没错。"我点点头，"可为什么你会知道呢?"

沉默片刻。R 先生没有回答，而是又一次把抽屉一个个打开，把手发出咔哧咔哧的响声。当打开第四层左边的抽屉时，他的手停住了，转过头来看向我。

"这里装的是香水啊。"

为什么……我差点问出同样的问题，又咽了下去。

"还留着香味。"

他略略压低我的后背，让我靠近那个抽屉。

"闻到了?"

我盯着抽屉的小口子，倾尽全力猛吸了一口气，这让我想起就跟当年妈妈让我闻味道时一样，充溢胸腔的还是只有无色无味凉丝丝的空气而已。比香味更有实感的，是他放在我后背的手的触感。

"对不起。"

我叹了口气，摇了摇头。

"不需要道歉。要想起已经消失的事物是比较困难的啊。"

他把"香水"的抽屉推回原位，闭上眼睛。

"我知道。祖母绿的美，香水的气味，我都知道。一切都未曾从我心里消失过。"

　　渐渐走入寒冬，岛上被一层沉重的空气笼罩着。太阳光微弱，一到下午必刮强风。人们纷纷双手抄进外套口袋，缩着身子快步疾行。

　　马路上越来越常见到那种带有深绿色车篷的卡车。有时打开车篷，鸣着警笛嗖地疾驰而过；有时放下车篷，笨重的车体摇摇晃晃地经过。透过车篷的缝隙，只能窥到某人的鞋子、行李箱的底部或是外套的下摆。

　　记忆搜捕也越发偏激，已经不存在妈妈那会儿先送达传唤通知的那种做法了，全都是出其不意。他们持有能够破坏任何种类门锁的坚实武器，把家里踩得乱七八糟，到处搜寻有没有异样的空间。储藏室里、床下面、衣柜后面，但凡能容得下一个人的空间都逃不过他们的眼睛。搜出隐藏起来的人，连同提供密室的人也一并塞进带车篷的卡车。

继玫瑰花之后，并没有新的事物消失，但是邻镇的人、同年级的朋友、鱼店老板的远房亲戚突然不见这些消息不绝于耳。要么是被秘密警察带走了，要么是运气好藏进密室了，要么是密室被发现给带走了。

对于这些事，大家并不怎么执着于追根究底。因为不论哪种情况，无疑都算不得好事，多说闲话还怕让自己陷入危险境地。即使某天某家房子毫无征兆地变得空空如也，人们也只是在马路上悄悄看两眼窗户，祈祷他们平安无事，就默默走开。岛上的人已经对失去习以为常。

"接下来我要说的事情，假如你不愿意听，尽管直说。"

爷爷停下了切苹果蛋糕的手，短促地应了声"嗯"。

"说起来相当繁琐。"

爷爷又自言自语嘟囔了一遍我的话。

"是什么事呢？小姐不必为没说过的话抱歉啊。"

"不不，等您听了就晚了。就来不及了哦。接下来我要说

082

的事必须严格保守秘密。我必须先确认清楚您能不能和我共同保守这个秘密。爷爷您要是说不愿意，也绝对没问题，没有任何问题。现在在我心中的这个秘密，我会一辈子闭口不提，仅此而已。我只想把顾虑、面子、道理统统抛开，单纯地表达一下自己的心情。您想不想听呢？"

爷爷放下餐刀，双手交叉放在腿上。火炉上水壶里的水烧开了。穿过一等舱的圆窗射进来的日光照在苹果蛋糕上，蛋糕表面那层融化了的黄油油光发亮。

"愿闻其详。"爷爷径直面对着我，说道。

"我被卷进了又困难又危险的问题之中。"

"我懂。"

"性命攸关啊。"

"反正我的命也剩不了几年了。"

"我是说真的……"

"没关系，请讲吧。"

他点着头，重新叉了叉放在膝头的双手。

"我想帮人，帮人藏起来。"

我注意着他的表情，他没有动摇的迹象，只是静静地等待着我接下来的话。

"我不知道一旦秘密泄露会有什么恐怖的事情发生，可如果就这样什么都不做的话，一定还会失去一个重要的人，就像失去妈妈一样。您能帮我吗？单靠我自己一个人，无论如何也成不了事，必须有个可以无条件信赖的人帮我。"

一阵大风刮过，渡轮嘎吱作响。两个叠成一摞的蛋糕盘发出声音。

"只有一点，可以问吗？"

"当然。"

"请问您想帮的那位，跟小姐您是什么关系呢？"

"是编辑哦，就是总在最先读到我的小说的人，是最能深入理解投身小说世界的我的朋友。"

"明白了。我会帮您的。"爷爷答道。

"谢谢您。"

我摸了摸他放在膝盖上的手，那是一双满是皱纹的大大的手。

我们二人聊下来，过去爸爸用作藏书室的一个小房间最为安全。那里是爸爸利用二楼的地板和一楼天花板之间的空隙，请工匠做出来的一个空间，鲜少用到的书和资料什么的就存放在那里。工作室正中间的地板上开出了一个一米见方的口子，可以从那里出入。

那是个三张榻榻米大小的狭长房间，层高只有一米八。高个子R先生大概是没办法好好舒开身了。此外，这里拉了电线，但没通自来水，也照不到太阳。

地下室更加宽敞，舒适度也显而易见，只是附近的人们都知道那个地方。假如壮起胆子穿过破损的小桥，那么从外面也能进来。万一警察搜查，这里会被最先怀疑。而那个藏书室，就连从前秘密警察来查抄爸爸的研究资料时都没发现。要保护R先生，必须选择对于外部世界来说最为隐秘的场所。

爷爷在航海日志空白页上依次写下了接下来我们两个人必须完成的事项。

首先是我要做的：

1. 处理还留在藏书室里的资料。——满是和鸟类相关的资料，必须当心。

2. 之后清理干净、消毒。重视清洁度。——R先生就算生了病也没办法请医生来看。

3. 准备覆盖隐藏地板出入口的绒毯。——不能有让人想多看几眼的扎眼设计，得是平平无奇简朴型的。

4. 备齐电线、台灯、被褥、暖水瓶、茶具等保障最低限度的生活必需品。——尽量避免全新购置，大量采购的行为会让人生疑。

5. 考虑避人耳目把 R 先生带进来的方法。——最为重要也最困难的事。

其次是爷爷要做的：

1. 打开换气扇。——现在空气过于稀薄。

2. 保证用水，哪怕极少量。——花些功夫，总能做成吧。

3. 给周围贴上厚厚的墙纸。——为了保温和隔音。

4. 建造卫生间。——工程浩大，务必私密。

5. 和 R 先生成为朋友。——因为今后能和 R 先生接触的只有我和爷爷两个人了。

我们事无巨细都商量到了。从准备密室到把 R 先生藏起来的全过程，在脑子里来回过了好多遍，一再确认有没有遗漏。考虑到了所有意外事件的可能性，以及怎样化解危机。假如运送工程材料途中遇到盘问，假如隔壁的小狗闻到了气味，假如在准备工作完成前 R 先生遭遇记忆搜捕……一堆担心的事儿。

"来，吃点蛋糕喝口茶吧。"

爷爷提起火炉上的水壶往茶壶里倒进开水，等待茶叶泡开的时候，接着切起刚才切到一半的苹果蛋糕。

"生活中，大部分担心都止于担心而已。"

"是吗？"

"嗯，交给我吧，我会做好的。"

爷爷给我的盘子里盛了一块大些的蛋糕。他还把我当作正在长身体的小姑娘，总是劝我什么都要多吃一些。盘子上铺着洁白的纸巾，桌布浆得平平整整，小花瓶里插着山坡上常见的结着红色小果子的树枝。

我们又重读了一遍写在航海日志上的备忘录，全都记在脑海里。之后，爷爷为了销毁证据，撕掉所写内容扔进了火炉。两页航海日志旋即被火焰吞噬，烧成一小团。我们俩默默地盯着火苗看了一会儿。虽然即将发生的事情非同小可，但我们的心绪越来越稳了。船舱里暖暖的，飘散着蛋糕的香气。

　　第二天开始启动。藏书室的资料分成小堆，假装处理旧刊杂志的样子，用院子里的炉子烧掉。挪走铺在客厅里的绒毯。日用品家里都有现成的，不用另花时间购买。

　　但是小房间的改造进行得就没那么顺利了。岛上所有工匠都掌控在秘密警察手里，传说每当有可疑的改造订单，都会立即被通报上去。我们私下偷偷施工的事一旦泄露，必定引起怀疑吧。

　　因此，光是运送工具和原材料就伤透了脑筋。为了尽量不引人瞩目又能运送尽可能多的东西，爷爷花了很多心思。毛衣背部塞上管子和板材，把装满钉子、合页和螺丝的袋子捆在腰上，所有口袋里都藏着工具，费尽周折总算运到家里时，爷爷有一种松了口气的感觉。爷爷说，蹬着自行车，浑身四处叮叮当当，骨头都在咔咔作响似的，说着，他舒舒筋骨笑了。

　　他的工作开展得有模有样。扎扎实实，细致耐心，而且进展迅速。偶尔扫一眼预先画好的设计图（也是画在航海日志背面的），整理下思路，之后毫不犹疑地投入工程。在墙上开个洞，通上管子，跟连在天花板内部的其他管子接起来。分出电线，用螺丝把插座固定住，切分三合板，打入钉子。我在尽量不添麻烦的前提下，力所能及地为爷爷打打下手。

为了避免声响引人耳目，我们在工作的房间里放着交响乐的唱片。到了高潮部分众乐齐鸣时，爷爷瞅准时机使用锤子和锯子。我们一声不响地忙于工程，午饭也顾不上吃。

工程完工是在第四天的傍晚。我们俩坐在房间正中，环顾四周。我们做成了一个远比设想中棒得多的房间，整洁、质朴又温馨，选了米色的壁纸真是明智。空间狭小属于条件限制，但最低限度的生活必需品已经应有尽有。有床，有桌椅，墙角有用三合板围出的卫生间。从上面吊下来的塑料罐里的水可以顺畅地流进净化槽，给罐子里灌满水就是我今后每日的功课。

爷爷还出了个主意，配备了类似简易话筒一样的装置。用橡胶管把上面的工作室和下面的密室连接起来，两端分别插入一个厨房里使用的漏斗，跟纸杯电话的原理一样，只要把嘴巴靠近漏斗，就算不碰面也能对话。

床上的床单和被罩都是刚洗过的，柔软又干净。桌椅都散发着清新木料的香气。灯泡是浅橘色，亮度足够照亮房间。

我们关上电源，爬上三级楼梯，撑开出入口的四方形盖板。从那个狭小的四方形洞口到外面来相当困难，须得缩着肩膀，侧着身，两手把身子往上撑，靠爷爷施以援手才爬得上来。

我担心以 R 先生的块头怕是会卡住，转念一想，大概他也不大会从这里上来，这样就好。

我们把板子原样放回去，铺上绒毯，让地板恢复原状，看不出任何异样。我在绒毯上来回走了几趟，全然觉察不出下面有那么个房间。

"我那儿有个密室，请您藏起来吧。"

工作事宜告一段落后，我尽量保持不动声色地跟 R 先生说，俨然在问"一会儿去吃饭吧"似的口吻。

出版社大堂人声嘈杂，周遭都是谈笑声、咖啡杯碰撞的声音以及电话铃声。这样纷扰的环境里，必须尽快谈完要紧事。

"是个足以信赖的安全场所，您快点儿准备准备吧。"

R 先生把指间的香烟按回烟灰缸，掐灭后看向我。

"是为我而建的密室吗?"

"当然。"

"怎么寻到合适地方的？应该没那么简单吧。"

"这都是小事儿，总之，您就赶在他们分析出您的 DNA 之前赶紧……"

"我已经下定决心了。"他打断了我的话。

"什么决心？"我问。

"我没把自己的秘密告诉妻子。她正怀着孕，四周后生。我不可能把她一个人留下，可两个人一起藏起来又不现实，没人能帮忙藏匿一名孕妇啊。"

"您先自己藏起来吧，这样大家都能得救，您，夫人，孩子。"

"可就算暂时藏起来了，最后会怎样呢？什么时候才能再出来见人呢，前路渺渺……"

从烟灰缸升起的烟雾在二人之间飘散。R 先生像是为了让自己保持镇定，将打火机在桌上磕了三下。

"将来的事谁也不知道。记忆搜捕总有一天会结束吧，这里也不过是个逐渐走向消亡的小岛而已。"

"没想到您会说出这些话，我现在脑子有点儿乱。"

"嗯，确实会的。但请您当下只集中考虑躲避记忆搜捕这一件事。您可能比较担心夫人的问题，这个只要留下的人们齐心协力，总能解决的，我自然也会出力。留得青山在，总有和夫人、孩子重逢的一天。而且要是您被捕了，我手头在写的小说可如何是好呢？"

察觉到自己的声音越来越大，我深吸了一口气，一口喝干了杯中所剩的咖啡。

中庭的喷泉已经不喷水了，水池里漂着落叶，小黑猫趴在砖砌的水池边上。花坛里的花枯萎了，地上散落着被风吹来的不知名海报的碎片。

"那个密室在哪儿？"R 先生的视线停留在手中的打火机上，问道。

"不能预先告知您。"

我按照和爷爷之前商量好的那样回答。

"了解太多会很危险，不知道什么环节，秘密就泄露出去了。不做任何准备，什么都不讲，就像消失在空气中一样才是最安全的。您能明白吗？"

R 先生点点头。

"当然了，我跟您说的这些您都可以信赖，毫无疑问，一切包在我身上。"

"因为我，害得您卷进这么个大麻烦里了。"

稿纸摊开摆在桌上，刚才用过的他的圆珠笔和我的铅笔并排放在上面。他掐灭搁在烟灰缸上的香烟，缓缓抬起眼帘，看上去没那么慌乱，甚至更加理性沉稳了。只是中庭照进来的光线偶尔投射在眼睛四周，看得出他的表情笼上了一层落寞。

"哪有，我不过是想能一直给您写小说罢了。"

我本想努力展现笑容，可嘴角就像僵住了似的，笑得极不自然。

"那我来说一下流程吧。后天，周三早上八点，请到中央站的闸机口。事发突然，但是非后天不可了。如果时间过多，您肯定会做些多余的准备。您不需要做什么准备，只要考虑转移这一件事就好。就跟平日里出门上班时穿一样的衣服，把随身物件都塞进一个公文包里。必需品随后我会找您太太取了先寄存在我这儿，分多次运进密室。然后，您到车站的商店去买份经济报刊，请在一出地铁口右手边的可丽饼屋那里看报纸。可丽饼屋那个时间还在闭门歇业，正好没人注意到。过一会儿会有位老人朝您走近，穿一条灯芯绒裤子，搭一件宽松款的夹克衫，手里抱着面包房的纸袋，那就是暗号了。您不用出声，只需彼此交换个眼神确认之后，默默跟着那位爷爷走就行。就是这样。"

我一口气把这件事讲完了。

周三早上下了雨，一场仿佛全岛都要被卷入海水漩涡般的大雨。就算打开窗帘，除了雨水溅起的水花外，什么都看不清。

我们也不清楚这样对我们的计划来说是好还是不好。一方面想着或许更容易混过秘密警察的监视，另一方面又担心 R 先生和爷爷可能会行动不便。不论如何，我唯有等待。

我把火炉里的火生到最旺，暖好屋子，壶里灌满开水，一次次透过走廊的窗户望向马路，随时准备一看到两个人的身影就打开玄关门锁。通常从中央车站到家，步行大概十五分钟左右的脚程，我也估摸不好以现在这种泥泞的路况，他们会耗费多长时间。

八点二十五分过后，突然感觉时钟指针走得漫不经心似的。我站在走廊里，在窗户和餐厅里的挂钟之间不断变换视线。窗玻璃上满是水雾，我只得频频用毛衣袖口擦去水蒸气，毛衣很快就湿漉漉了。

可那里看到的只有雨。院子里的树、围栏、电线杆、天空，所有的一切都被水幕覆盖，厚重到令人窒息的水幕。我暗自祈祷R先生和爷爷能够顺利穿越过来。上次祈祷什么已经是非常久远的事情了。

他们终于抵达已经是八点四十五分之后了。我一打开玄关，他们立刻飞奔过来和我紧紧拥抱。两个人都湿透了，浑身滴滴答答。头发散在额前，衣服褪了色，鞋子里发出水唧唧的声响。我连忙把他们带往餐厅，让他们坐到火炉前。

两个人还紧紧捏着用作暗号的经济报刊和面包房的纸袋，尽管它们都已被雨打湿，就像用过的纸巾。袋子里的纺锤形面包吸了水变得黏黏糊糊，吃不成了。

R先生脱掉外套，一屁股坐进椅子，闭上眼睛，调整呼吸。爷爷赶紧转了转火炉的方向，拿来毯子披在他肩上，以求尽快让他的身子暖起来。爷爷走来走去，雨水滴落一地。两个人的身上很快升起水汽。

我们听着雨声，好一会儿没人出声，只是盯着火炉。三人其实都有一肚子的话想说，可话到嘴边又一时语塞。圆形炉口冒出的火焰红得不含一丝杂质，不停摇曳。

"进行得很顺利。"爷爷像是自言自语般低声说，"正巧大雨为我们打了掩护。"

R 先生和我同时抬起头来。

"太好了。当真平安无事。"我说。

"不过，为防万一，考虑到有可能会被尾随，我们特意绕了远路。"

"可我还是大吃一惊。密室竟然就在您家里，万万没想到。"R 先生说。

三个人都压低音量轻声说话，像是唯恐一旦这个房间的静谧被打乱，就会发生什么不妙的事。

"嗯，我跟什么地下组织并没有任何关联，只是我个人设定的计划而已。哦对了，再次介绍一下，这位是在我出生很久之前开始就一直关照我们一家的爷爷。我俩是彼此唯一的合作者。"

两个人从毯子下抽出手来握了握。

"不知道说些什么表达谢意才好。"

听到 R 先生这么说，爷爷不好意思地摇摇头，把他的手放回了毛毯下面。

"先冲杯热饮吧。"

我特意暖过了杯子，放入较平时更多的茶叶泡了茶。我们慢慢饮来。静默再次降临。

两个人的身体渐渐烘干了，R先生的头发恢复了柔顺，爷爷开始面带红润。雨势依然不见减弱。我见三个杯子都空了，说："那我带您去房间吧。"

当我挪开工作间地上的绒毯露出地板时，R先生出乎意料地叫出声来，低语道："就像是一个悬浮在空中的洞穴一样。"

"空间窘迫，不好意思，但这里绝对保证安全。不用担心外面窥视得到，也不会泄露声音。"

爷爷、我和R先生依次沿着梯子爬下去，三个人都进来后果然相当窘迫。R先生把沉甸甸鼓囊囊的公文包放到床中央。我想：要是放在平时，这包里也就放些稿纸、校样，如今想必放了一些不同种类的重要物件吧。

爷爷一一说明了电炉、卫生间、漏斗话筒以及其他各种工具的用法。R先生逐一确认。

"接下来可能也会有不方便的地方，但是只要有爷爷在就不用担心，就没有爷爷手里做不出来的东西。"

我轻轻拍了拍爷爷的背，他更不好意思了，不停去挠白发苍苍的脑袋。R先生微微笑了笑。

大致说明了一遍后，爷爷和我暂且回到了上面。R先生比我们还要紧张数倍，需要慢慢放松身体。而且，他和至亲的告别或许太过忙乱，也需要时间一个人消化这些吧。

"到了十二点会给您送饭。如果有什么需要，请随时用话筒呼叫。"梯子爬到中间，我转身跟 R 先生说。

"谢谢。" R 先生回答。

我们关闭地板，铺上了绒毯。可是之后好一会儿，我都无法走开，直盯盯地看着脚下，反反复复地回想起他的那句"谢谢"。那声音俨如从池沼底部耗时良久终于喷涌而出一样。

    R 先生藏进密室已经过了十天，然而我们彼此适应这非同寻常的生活似乎尚且需要一段时间。水壶里的热水什么时候换比较好，餐食几点合适，隔几天洗一次床单为宜，这些琐碎的细节必须由两个人来共同决定。

    我即使坐在书桌前，也总是想着密室的事，小说怎么都写不下去。太闷了，想找人说说话，可转念一想，还是别出声为好吧，我手拿着话筒左思右想。再怎么竖起耳朵听，都听不到下面传来任何动静，那种静谧甚至让人意识不到他的存在。

    渐渐地，每天的生活都能有规律地度过了。早上九点，我拿盛着早饭的餐具和装满热水的水壶敲敲地板，并且取下空掉的大桶，往里面注满水。午饭是一点。假如有什么必需品，就备好购物清单和钱，傍晚散步的时候一次性购齐。以书居多，其他的就是剃须刀的替换刀片呀，戒烟用的口香糖呀（狭小的密室里无法抽烟），笔记本呀，汤力水呀，等等。晚饭是七点。每隔两天洗一次澡，用脸盆里的水擦拭身体。之后就是等待漫长的黑夜过去。

往下拿晚饭餐盘时，我有时会在那里停留片刻。有了美味的点心，有时会想一起分享。我们坐在床上，把点心摆在桌上，时不时地边伸手拿点心，边漫无目的地闲聊。

"您心里稍微平静一点了吧?"我问。

"多亏了您。"

R先生回答。他穿着一件式样简单的黑色毛衣。墙壁架子上整整齐齐地摆放着镜子、梳子、药膏、沙漏和护身符，枕边摞着书，有很久之前自杀去世的作曲家的自传、天文学的专业书籍，还有描写北山还是活火山时代的历史小说，都是旧书。

"要是有什么不方便的，不必顾虑，只管说就行。"

"没什么的，非常舒适了。"

然而，看上去他仍未完全适应这个房间。无意识中动动身体，总会碰到灯、架子或卫生间的隔板，所以他总是弓着身子，拘谨地把双手放在腿上。床的空间过于紧凑，花、音乐这些点缀房间的要素一概没有。笼在他周身的空气和房间里的空气难以交融，彼此凝滞不通。

　　"您再多来一点啊。"

　　我指了指桌上的曲奇。到了冬天，食品数量减少，拿到甜食相当困难。这曲奇是用爷爷相熟的农户分给他的荞麦烤出来的。

　　"这曲奇烤得棒极了，很好吃。"

　　他一口吞下肚。

　　"爷爷就算去当厨师也绝对够格。"

　　我们把为数不多的曲奇分成两份，分别是两块和四块。两块归 R 先生，四块归我。因为他心存顾虑，说"动得少，消化不动"，怎么都不肯多吃第三块。

　　电炉里的火苗渐弱，倒也没有那么冷。静默之间，他的气息近在咫尺。在这个地方唯有贴近身体坐，我的视线偶尔投向一旁，看到他的侧脸轮廓在橘黄色的灯光下立体清晰。

　　"有个问题，可以问吗?"我盯着他的侧脸，开口说。

"可以啊。"他说。

"心里的东西一件不剩是怎样的感受呢?"

他用食指往上推了推眼镜框,手顺势撑住下巴,说:"这个问题很难啊。"

"心里塞得满满当当的,不会变得很憋闷吗?"

"不会呀,不必担心这个。心里既没有边界,也没有尽头,所以可以接纳任何形态的事物,也可以到达任意深度。记忆也是一样。"

"之前从岛上消失的那些东西也都完完整整地保留在您的心里了吗?"

"不知道能不能说是完整,记忆并不是只增不减的,所谓时移世易呀。随着时间推移消失的东西也是有的。不过,这个跟降临在你们身体上的消失从根本上是不同种类的。"

"怎么个不同呢?"我一边搓手一边问。

"我的记忆不存在连根拔除。即使看似形态消失了,却仍然在某个地方留有余韵,就像是一颗小小的种子,在某个节点有雨水浇入,就又萌出芽来。而且就算记忆没了,心里也有驻留一些东西的地方。震撼、苦痛、喜悦还有泪水这些。"

他字斟句酌地说着。似乎把想到的词逐一在舌尖上确认感触后才说出口。

"我时不时地想象，如果能把你的心托在手里看看会是什么样呢？"我说，"大小正好可以收入掌心，手感非常坚韧，类似胶体。粗暴对待的话会崩坏，但握得太紧又会滑落，我战战兢兢地伸着双手。另一个重要特点就是它的温暖。因为一直藏在身体最深处，它的温度比体温还要高一些。我闭上眼睛，用心体会每一寸的温度。然后，我所丢失的东西的感触就会慢慢复苏。我用手掌感受到了留存在你内心里的记忆。您不认为这是非常棒的想象吗？"

"您希望想起失去的东西？"这次换 R 先生提问了。

"我也说不太好。"我直白地答道，"因为我甚至不知道我希望想起什么。我们的失去是彻底的，连种子也没留下，满目疮痍的空洞的内心甚至没法好好去追忆，所以我特别憧憬那种胶状的质感，憧憬那种对事物有反应，里面透明，像是能看得清又看不清，有光线照射进来，就变幻出万千表情的内心。"

"读了您的小说，我可没觉得您内心空洞哦。"

"可是在岛上写小说还是觉得极其艰难。事物一个接一个消失，语言似乎也随之走得越来越远。或许我能一直写出小说来，就是您永不消失的内心始终陪在身边的缘故。"

"真是这样的话，那是我的荣幸。"R 先生说。

我手掌朝上，悄悄地伸出双手。我和 R 先生都像当真有东西摆在面前似的，目不转睛地望着手掌。然而无论怎么凝视，那里唯有一如既往的空洞浮在半空。

第二天，出版社来电话了，是新任负责和我对接的编辑打来的。

那人比 R 先生年长几岁，个子不高，瘦瘦的。长相过于普通，想从他的脸上读取表情都很困难。加上声音又小又啰嗦，有些词语听都听不清。

"现在在写的小说您预计什么时候完成呢？"

"这个，没办法预计。"

R 先生从没问过我这种问题，我边想边回答。

"现在，您的小说已经进展到了局势微妙的阶段，我想有必要慎重推进。假如又写出来一些内容，请您联系我，我也盼着早点儿读到后续。"

为了听清他说的每一个字，我不得不双肘支在桌面上，身体前倾。

"顺便问一句，之前负责的 R 先生怎么样了呢?"

我故作若无其事地问。

"这个嘛……"

他闭口不言，喝了一口杯子里的水。

"消失了。"

这句话我听得真真切切。

"消失……"

我留神不要多言多语，重复了一遍他的话。

"就是这样。您有他的音信吗?"

"没有，一点儿都没。"

我摇摇头。

"事发突然，大家都挺意外的。有天早上突然没再来上班。既没有留话，也没留书信。只在桌上整整齐齐地摆放着您的书稿。"

"是吗……"

"嗯。尤其是最近也没发生什么人员消失这种稀罕事啊。"

"完全没留意。难道他……"

"我也难以置信。"

"我还跟他借了唱片呢，就那么放着了。"

"要不由我代为保管吧。说不定哪天有机会归还。"

"那就拜托了。假如知道了他的住址，也请告知我一声好吗？"

"好的，我会告知您的，如果我知道的话……"

他答应了。

跟 R 先生的太太联络由爷爷负责。因为爷爷车上装满了工具箱，扮成修理工可以不引人怀疑地跟太太接触。

R 先生藏起来之后，太太随即搬回了娘家。好像这事跟这次的变动无关，是为了生孩子，很久之前就说好的。太太娘家是开药房的，位于山丘北边，过去是金属精炼所的驻地，曾是个热闹的村镇。但是现在精炼所被封锁了，村镇也凋零破败了。

联络使用了那个村镇上一所已经废弃的小学。每逢带 0 的日子，10 日、20 日、30 日，太太就把要交给 R 先生的东西藏在校园里的百叶箱里，爷爷开车去取，并把 R 先生寄存的东西放回去。就是这么个流程。

"虽说到了冬天，每个村镇看上去都很消沉，但那里的寂寥尤其明显。"

在第一个逢 0 的日子，爷爷从小学返回后说。

"一绕到山丘北边,迎面吹来的风就一下冷冽很多。那一带是季风的边界线吧。几乎没看到有人在马路上走动,猫倒是有不少。住家也都是破旧的木质房屋,有半数都空置了。大概在精炼所工作的人们都搬走了吧。那个精炼所还是令人毛骨悚然,生了锈的大铁块,看着像个粗粗的烟囱,又像裂了缝的大楼,还像游乐场的游乐设施。无论人在村镇的哪个地方,不经意地往前一看,必定看到那里的那个精炼所。那种感觉就像是被铁锈一层层爬满锁住,满眼的凄凉,身子动弹不得地慢慢衰弱致死。"

"啊,还不知道那里变成这样了呢。我小的时候,到了夜里,看到那边的天空闪着橙色的光,挺漂亮来着。"

我边往爷爷的杯子里倒热可可边说。

"是的。也曾有过一些年月,那时精炼所技师是岛上最吃香的职业,这都是老黄历了。不过这对我们来说倒是正好,也几乎没有秘密警察那些家伙在附近出没,不用担心引起怀疑。"

爷爷叹了口气,双手拿起杯子。

"太太情况如何?"我问。

"看起来还是挺疲倦的,她说自己还没能理清事态。没法子,突然和老公分开,加上很快要生第一个宝宝了。不过,她还是位非常坚强聪慧的太太。对于先生人在哪里、由谁照顾，多余的话她一句没问。只是深深地低下头说那就拜托了。"

"是吧……在娘家静静地等着生孩子呢。"

"是的。因为是那种地方的药房，也不怎么景气。我在那儿的那段时间里，只有一个颤颤巍巍的老奶奶拿着两百日元吧，来买了瓶红药水。店面很局促，进门处的拉门、地板和玻璃柜到处丁零当啷，我都觉得是不是需要真正的修理工上门维修一下了。太太坐在收银台前，大肚子被挡在了柜台后面。太太对面摆放的药箱大差不离都灰扑扑的，蒙着一层灰。看到太太在飘荡着粉尘苦涩气味的空气里，一边用手指摸着收银机的按键一边和顾客说话的样子，我心里挺难受的。"

爷爷慢慢喝着热可可，想起什么似的，摘下毛线围巾，塞进裤子口袋里。我往水壶里灌满水，放在火炉上。水壶溢出的水滴发出声音，瞬间蒸发了。

"那么，百叶箱的交接都挺顺利吧?"

"不用担心，进行得很顺利。那不是一所多么有规模的小学，没人注意。不光见不到人影，甚至完全感受不到丝毫人存在过的痕迹，孩子们的体温啊，气息啊，足迹啊这些都没有。那个空间里一片肃杀，就像无菌室一样。人根本不想在那种氛围里长待，我急匆匆地就回来了。"

爷爷从缠在毛衣里面的布袋里取出一个塑料袋和一个白色的信封。

"这就是放在百叶箱里的东西。"

"是吗……"

我接过塑料袋，里面好像装着叠得整整齐齐的衣服和几份杂志。信封挺厚的，糊得严严实实。

"百叶箱长期废弃，也是破破烂烂的了。白漆都剥落了，门上的卡扣也锈住了，花了一番功夫。不过嘛，稍微用点技巧就能解决。里面的仪器也坏了，温度计的水银漏掉了一半，湿度计的指针也弯了。这样也就不怕别人偷看里面了。东西都按说好的放进了里面不引人注意的地方。"

"太感谢了。危险的事全都交到了您的肩上，对不起。"

"小事一桩。"

爷爷嘴巴靠在杯口摇了摇头，热可可洒了些出来。

"这都不算什么，还是尽快把这些东西拿到二楼去吧。"

"嗯，这就去。"

我怀揣着塑料袋和信封朝密室走去，上面还保留着爷爷的温度。

　　他在打字学校入学后的第一堂课出现时，我多少有些吃惊。因为他看起来并不像个打字老师。我没过脑子，想成了女老师，想成了一个人过中年，捏着嗓子发出耐心的声音，脸上扑满粉饼，有着瘦骨嶙峋的手指的女人。

　　可他却是个年纪轻轻的男人。身形普通，穿着合身又颜色质朴的西装。绝非帅哥，但眉毛、眼皮、嘴唇和下巴，面部的每一部分都各有令人印象深刻的表情。思虑周详、沉着稳重，又有某些地方投射出神采光影的表情。即便单看他的眉毛，也能充分感知到他周身的那种氛围感。

　　像是法律学者，又像牧师——再怎么说，这里毕竟是教会，或者设计师吧。然而，他终究是位打字老师，论起打字来无所不知。

可是，事实上我一次也没见过他敲打字机的样子。他只是在学生中间踱来踱去，提醒手指动作或打字机操作错误的同学，再用红笔画出我们打完的稿件上的错误而已。

我们时不时有在规定时间内打出额定字数的测验。他总是站在教室前面，从上衣口袋里掏出一块秒表。我们把下发的题目打印件放在身旁，手指放在按键上等待指令。打印件上的英文估计是他出的吧。有时还会考信件，还考过论文。

我很不擅长这项考试。哪怕是平时练习时打得顺溜的词，一到测验，手指打着打着就不听使唤了。把 g 敲成 h，把 b 和 v 搞错，严重时连手指的起始位置都放错了，打出来的全都牛头不对马嘴。

我特别无法适应测验开始前那种独特的寂静。大家都屏住呼吸，教会里的祈祷声、管风琴的声音一律充耳不闻，所有精力都单单集中在指尖的那几秒钟，让我大受困扰。

我还记得他手中的秒表释放出某种镇静气体似的错觉。秒表看似一个长期用惯了的物件，上面拴着一条哑银色的细链。他的右手大拇指放在按键上，似乎随时要按下去，细链在他的胸前来回摆动。

从他右手释放出的气体笼罩住地板，弥漫到教室的每个角落，不久，包覆住了我的手指。感觉凉凉的，令人窒息。似乎指尖稍有动作，就会戳破静谧之膜，五花八门的东西都将七零八落。我的胸口怦怦直跳。

正当我苦不堪言濒临崩溃的时候，他发出了开始的指令。真是个至为巧妙的时机，那只秒表宛如测到了我的心脏跳动。

"开始！"

那是他在教室里音量最大的瞬间。众人的打字声一道响起，然而我的手指胆怯似的依然僵硬。

相当长的时间里，我一直在想，好想看看他打字的样子啊，那该多美妙呀！手下操作的闪闪发光的机器、洁白的纸张、笔直的脊背，自信翻动的指尖。可是，至今未能实现，即便是二人已经成为恋人的现在也未能实现，他从不在人前打字。

那是我开始去那间教室学习之后三个月左右的某一天。那天大雪纷飞，我有生以来头一次见到那么大的雪。电车和公交车都停运了，全镇人都被困在这片冰天雪地里。

我为了赶上三点那节课，早早从家出发，步行朝教会走去。中途摔了好几跤，装课本的布包都浸湿了。钟楼的塔顶也落满了积雪。

最终，出席那天的课的只有我一个。

"这么大的雪，还是安全抵达了啊。"

他说。一如往常，他的西装上没有一丝褶皱，也不见任何雪的痕迹。

"我还以为今天不会有人来了呢。"

"我要是歇一天，手指会立马动弹不得的。"

我从浸湿的书包里掏出课本。

或许是下雪的关系，四周格外寂静。我坐在了从窗前数第四台打字机前，这向来是来得早的人才能选到的中意的打字机。有的机器键盘滞重，有的机器活字不正，机器各有各的毛病。以往他都是坐在黑板前的专用打字机那里，那天却站在了我的身旁。

一开始打了一封商务信件，内容是希望对方能够事先送来新引进的果酱制造机的使用说明书。他一动不动地盯着我的手。我的视线稍微从课本上偏离，看到了他的身体、鞋子、裤子、腰带、袖扣……

打信件不容易，因为对行间距之类的版面设计都有非常细致的要求。平时我就够窘迫的了，现在处于老师近在咫尺的监视之下，越发紧张了。我打得漏洞百出。

他没放过任何一个错误，弯下腰，靠近打字机，指出不对劲的地方。他并没责备我什么，可我还是感受到了被步步逼入狭小场所的压迫感。

"左手中指的力度不到位，所以 e 的上面部分总是差一点。"

他指着打印出来的 e，然后顺势抓住了我的左手中指。

"就这根手指，前面稍稍有点弯啊。"

"嗯，小时候被篮球戳到过。"

我发觉自己的声音嘶哑了。

"触键的时候再往上一些就好了。"

他像是要挢直我的手指关节似的，抓着我的中指敲了好几次 e 字键。

eeeeeeeeee……

他只是握住了我的中指指端一丁点的地方，我却胸口发紧，像是全身都被抱紧了一般。

他的手很硬实，凉凉的。他并没想要用力，却还是给了我无法挣脱的压迫感，我感觉自己的手指似乎和他的手掌粘在了一起。

他的肩、肘和腰紧挨在我身旁，手指须臾不曾离开我的手指，一个接一个敲了下去。

eeeeeeeeeee……

e字形的铅印敲在纸张上的声响在教室里回荡。雪又下了起来。我从教会门口走到钟楼留下的足迹渐渐消失。他慢慢将我环拥入怀，上衣口袋里的秒表滑落出来，掉在地上滚了一圈。该不会摔坏了吧，我在内心嘀咕。这会儿明明该考虑的是他要把我怎样，却怎么担心起秒表来了，连我自己都觉得不可思议。

钟楼的钟敲响了，五点整。从天花板正上方传来的振动晃动窗玻璃，穿过我们交叠的身体，被吸入了雪里。除了雪以外，没有任何别的动静。我动弹不得，屏息凝气，全然像是被封印在了打字机里。

从今往后，稿件请R先生审阅之后，还需要请那位新编辑过目。当然，原稿上不会留有R先生的任何标记。我们和以前一样，在密室里讨论小说的每个细节。密室里一把椅子也没有，因此，我们并排坐在床上，把素描本的封底当作桌面，放上稿纸。

的确，对他来说，也是有点什么活干着比较好。在密室里最健康的生活方式就是，早上睁开眼睛第一件事，是依次在脑海里理清今天需要做的事，晚上睡觉之前确认计划是否全部完成，或三省吾身或心满意足。而且早上在他脑海里出现的，是渴望得到一份尽可能具体，哪怕微薄，但多多少少有些许回报，可以劳其身心得恰到好处的工作。

"如果不太麻烦的话……"

有一天，R先生一边在梯子中间接过晚饭的餐盘，一边羞赧地说。

"不知道能不能让我做点什么呢？哪怕是一点儿小事，我想帮帮您，也能分散下自己的精力。"

"您是指看小说之外的事吗？"

我从四方形的出入口处望着他问。

"啊，当然了，因为只能在这个房间里做，大概也帮不上什么忙，但我想总归聊胜于无，什么乏味的工作都没关系。找工作这事儿太给您添麻烦了，这一点我也知道。可现如今的我离了您什么都做不成，没有您帮忙，我连给您帮忙都做不到。"

他双手端着餐盘，视线落在摆在上面的饭菜上。他每说一句话，碗里的土豆汤就泛起一阵涟漪。

"找工作不是什么麻烦事啊，您不用想那么多。嗯，明天早上之前，待我准备一点儿请您帮忙的事情吧。真是个好主意呢，可谓一石二鸟。对了，您快趁热乎吃饭吧。整天都是土豆汤，真是抱歉。今年地里严重歉收，除了秋天储存的土豆和洋葱以外，几乎拿不到什么蔬菜。"

"哪里，您做的土豆汤美味得很呢！"

"我还是头一回被人夸饭菜做得好呢，谢谢您啦。"

"工作的事就拜托您了。"

"嗯，我知道了。那么，明天见了。"

"明天见。"

他在逼仄的梯子上团起身体，两手都被占满了，于是只能口头表达了再见。目送他下了梯子，我盖上了地板。

就这样，每天给他布置工作成了我必备的功课。虽说只是些整理下收据、削削铅笔、誊写一下通讯录、为稿纸编上页码这样简单的工作，他却甘之若饴。第二天早上保证完成得利利索索，无可挑剔。

一天天，我们总算安安稳稳地度过。基本上事情都在照计划进行，也没有出现什么让人无所适从的问题。爷爷常来看我，R先生也很快适应了密室的生活。

可是，在我们的小确幸之外，外部世界却一天比一天纷乱。玫瑰花之后消停了一阵子，然后又接连发生了两次消失，照片和树木果实。

我要把家里的相册和照片归拢起来——其中自然也包括摆放在壁炉台上的妈妈的照片——用院子里的焚烧炉烧掉时，R先生竭力劝说我打消这个念头。

"照片是为保存您的记忆而存在的无可取代的物品啊。一旦烧掉，就再也找不回来了。不可以烧掉啊，绝对不行。"

"可是没办法啊。消失降临了。"我答道。

"照片没了，您怎么记住您父亲和母亲的样子呢？"R先生表情严肃地说。

"消失的是照片，不是爸爸和妈妈，所以没关系的。我不会忘记他们的样子的。"

"虽说可能只是一张张小纸片，但其中映射出了涵义丰富的内容。光、风、空气、拍照的人的爱意和喜悦、被拍的人的羞涩和微笑啊，这些东西要永永远远地放在心里啊，是为了这些才拍照片的啊。"

"嗯，我懂。我也非常珍惜照片。每次看到那些照片，都能勾起珍贵的回忆。回忆让人阵阵心痛，胸口像针扎一般。在纤弱的小树稀稀落落生长的记忆之林里，照片是最为坚实的磁石，但是必须放弃了。失去磁石让人十分沮丧，也很心酸，但那不是靠我一己之力所能阻止的。"

"虽然不能阻止消失，可也不能特意去烧掉。不论世事如何变迁，重要的东西永远都是重要的，其本质不会改变。留下必定能为您带来什么呀。我不希望您的记忆出现更多空洞了。"

"不是的……"

我轻轻摇了摇头。

"现在再怎么看照片也回忆不起什么了。既不会怀念什么，也不会感到心痛，不过是滑溜溜的一片纸而已，内心的空洞又增加了一个，没人知道复原的方法。所谓消失，就是这么回事。我想你大概没办法感同身受……"

他心生哀伤地垂下眼帘。

"您追求的是让新的内心空洞燃起来吗？是非要让我本该无知无觉的空洞再因激动而感到痛心吗？等到一切成灰，终将完结。那时，或许我连照片这个词语的意思都记不起来了吧。而且，假如照片被秘密警察发现就麻烦了啊。每次实施消灭后他们的监视会变得尤其严格，如果引起怀疑，当然也会殃及你的人身安全呀。"

他不再说什么，摘掉眼镜，按着太阳穴发出长长的叹息。我拿起塞满照片的纸袋，回到焚烧炉所在的后院。

树木果实的消失更加简单。早晨起来，岛上的树木都在掉落果实。"啪嗒啪嗒""啪嗒啪嗒"声四起。尤其是北山和森林公园附近，果实落得像冰雹一样。有的如棒球那么大，有的像红豆那么小，有的包裹在果壳里，有的色彩斑斓，树木果实有万般模样。明明没有风，但这些果实自顾自地次第离开枝丫。

走在外面，会有果实落在头上。有时一个不注意踩了上去，果实也就烂掉了。雪终于停了，地面上的果实统统都湮没了。

人们意识到，又失去了冬日里一份重要的食粮。

　　一场久违的大雪。起初只是白砂样的小雪粒随风飘舞，转眼间雪粒逐渐变大，覆盖了眼前的风景。无论多么小的树叶，还是街灯的灯罩，或是窗檐，都积了雪，而且永不消失。

　　在雪中，记忆搜捕已经几近常态化。秘密警察一身长款外套加皮靴的打扮，在大街小巷游荡。外套质地柔软，保暖性好，下摆和袖口用毛皮包边，也是选用的深绿色。这是高级货，哪怕找遍全岛进口商店也买不到。因此即便再怎么拥挤的人群里，也能一眼认出他们来。

　　而且他们屡屡在深夜突然出现，用卡车围堵住一个街区，挨家挨户地毯式搜索。有时有所斩获，有时空手而归。没人知道接下来会轮到哪个街区。有任何风吹草动，我都立刻惊醒。盯着暗夜中的绒毯，想到在下面屏住呼吸的 R 先生的样子，祈祷这一晚安然度过。

岛上的人们纷纷尽量避免不必要的外出，休息日只管默默扫雪，到了晚上就早早拉严窗帘，谨小慎微地度过每一天，就连人们的心灵都像是被雪封闭了。

我们的秘密洞穴也无法和岛上这般苦难深重的空气隔绝，我们用心守护的这个小小的空间是何等脆弱啊！意想不到的事件还是发生了。有一天，爷爷突然被他们带走了。

"一定是有什么被发现了，这可怎么办啊？"

我掀起地板，朝里面大声喊道。身体抖得下梯子都跌跌撞撞。我勾着脚一屁股坐到了床上。

"他们很快就要来了吧。您必须藏到更安全的地方去。藏去哪儿好呢？不早点行动就迟了。您夫人的娘家？啊，那里是最容易被怀疑的啊。对了，被废弃的那个小学合适吧？是个有百叶箱的小学啊。那里还有教员室、实验室、图书室、食堂，肯定有很多房间，我想正适合藏身。这就准备起来吧。"

R 先生坐在我旁边，胳膊搭在我肩上。随着他手心的触感从肩头传导而来，我的身体控制不住地抖动。他似乎在用自己的体温尝试让我的身体镇静下来。

"首要的是先冷静下来。"

他语调沉稳地说道，逐一松开我紧紧扣在膝盖上的手指。

"那些家伙要是知道了密室的所在，早就押着爷爷闯进来了。所以不怕的，我们还没被发现。我们轻举妄动反而会打草惊蛇啊。说不定那些家伙的暗哨就在不远处呢。懂了吗？"

我点点头。

"可爷爷是怎么引起他们注意的呢？"

"想来是找到了什么线索吧？比如遭遇盘查，检查了他带的东西，或者渡轮被记忆搜捕的警察闯入了，等等。"

"不，都没有啊。"

我盯视着自己任凭他怎么安抚还是僵直的指尖回答。

"那就不用担心了，他们应该没有掌握任何证据，或许是因为和我无关的什么事在接受调查。那些家伙无时无刻不在搜寻信息。没有切实证据，仅凭猜测就把人抓到一块儿，企图打探出哪怕一点点情报。附近的人家偷偷在院子里的温室培育了玫瑰花啦，有人买了多于家里人数份额的面包啦，隔着窗户看到有可疑的人影啦，这类消息。总之，现在就一动不如一静吧，这是上上之策。"

"是啊，大概是的。"

我做了个深呼吸。

"可是，爷爷可别遭什么毒手啊……"

"毒手?"

"嗯，拷问。他们那些人，根本不知道会做出什么过分的事来，也许就算是爷爷也会坚持不住吐出密室的秘密来。"

"不要过于担心。"

R先生用力搂了搂我的肩膀。电暖炉里红色的火苗照亮我们二人的脚。换气扇发出像是动物抽泣的声响，不停转动着。

"当然了，如果您提出希望我从这里离开，我一定照做。"

他冷静地说。

"不，我想都没想过这些。我不是害怕自己被捕，而是害怕保不住你，这才抖成这样啊。"

我摇了好几次头，头发和他的毛衣摩擦，发出声响，他始终搂着我。在外部光线无法照射进来的密室里，没有能够推测时间流动的依据，有种完全坠入时间旋涡之中的感觉。

不知道这样过了多久。他的体温不断温暖着我的身体，我终于止住了颤抖。我离开他的怀抱站起来。

"不好意思，我乱了分寸。"我说。

"哪里，这是人之常情啊。因为爷爷是对我们来说非常重要的人呀。"

他低下头。

"能做的只有祈祷平安了。"

"我也要祈祷。"

我踏上梯子，取下门栓，顶开盖板。中间回头看去，他依然定定地坐在床上望着炉里的火苗。

次日，我决定瞒着 R 先生去探一探秘密警察本部。我很清楚，如果和他商量，他肯定不会同意。的确，我也不知道这样特意孤身入虎穴将会遭遇怎样的险情，但无论如何，我也不能坐视不理。就算无法和爷爷直接见上一面，或许也能打听到些情况，或者能给爷爷送点东西进去。我想，这样多多少少也能帮到爷爷吧。

那天早上，下了一夜的雪停歇了，太阳从云层缝隙里透出一线光芒。积雪松松软软，每踏出一步，雪都没到脚脖子。没人拥有秘密警察走雪路专用的靴子那种装备，大家都举步维艰，弓着背，把行李抱在胸前，小心翼翼地徐徐挪动步伐，就像老去的食草动物心事重重的样子。

我的鞋子里也进了雪，袜子很快就湿了。手提袋里装有护膝、怀炉、十粒水果糖、五个今早刚出炉的面包卷。警察总部的大楼由面朝电车路线的昔日剧院改建而成，连接正门的是一段宽敞的石头阶梯，立有几根浮雕石柱。楼顶升着秘密警察的旗帜，没有风，旗子扬不起来，卷成一团。

正门两侧站着两名守卫，他们双脚打开，手背在身后，直直注视着前方。我拿不定主意是该先跟他们通报一声，还是不声不响地进去也没关系。正门由厚实的木材制成，严丝合缝地关着，怕是重到仅凭一位女性之力根本无法打开。然而两位守卫似乎被禁言了，对着我一言不发，无视我的存在。

"麻烦问一下……"

我鼓足勇气，向右侧的守卫打听。

"我想探望和递送物资，请问要怎么办呢？"

他甚至都没朝我这边看一眼，连根睫毛都没动一动。他是个比我还年轻得多、皮肤白皙的年轻人。衣服下摆的毛皮看上去沾到了雪，多少有些濡湿。

"我可以进去吗？"

我又试着向左侧的守卫探问，结果相同。无奈之下，我抓住门把手去推门，果不其然，门相当沉重。我把手提袋搭在肩膀上，双手用力，总算一寸一寸地推开了一丝缝。当然，那两名守卫没有施以援手。

中央大厅天花板高高的，光线微暗。几个素日里见到的那种身穿制服的秘密警察走来走去，偶尔也看得到几个像我这种外来者模样的人，大家无不一脸紧张步履匆匆，四周没有一点谈笑声，也没有音乐在播放，耳边响起的唯有秘密警察们的脚步声。

连着正前方一层半大堂的是一段大弧形楼梯，后面是残存着昔日剧院时代设计痕迹的升降电梯，左手边往里走是颇有年代感的桌椅。天花板上垂下巨大的枝形吊灯，包裹着灯泡的玻璃灰不溜秋，散发不出与之相称的光芒。细小的缝隙里、升降电梯的按钮旁、壁挂式电话上、支撑楼梯的柱子上，都贴着带有象征秘密警察标志的三角旗。

桌前坐着一名秘密警察正奋笔疾书，我猜可能是在那里登记。我做了个深呼吸，向他走近。

"我想为熟人递送一些物资，请问要怎么办呢？"

我的声音碰到天花板后反弹，被吸入了大厅的空气里。

"递送物资？"

那个男人停下笔，钢笔在指尖转动，以仿佛忽然想起了某个生疏的哲学用语般的口吻重复着"递送物资"这个词。

"嗯，是的。不是什么大不了的东西，就是些衣服和食物。"

我一边安慰自己这人总比门口压根不把我放在眼里的守卫要强，一边说。

男人啪的一声扣上笔帽，摞好手边的文件，腾出一块地方，放上双手，然后面无表情地抬头看我。

"可以的话，我想和他本人见个面。"

对方不像是要回答我的样子，我等不及，又补了一句。

"您是要见哪位?"

遣词造句虽然彬彬有礼，可声音没有起伏，听不出任何感情色彩。我重复告知了两遍爷爷的名字。

"这位并不在这里。"男人说。

"您还没详查，怎么就知道呢?"我问。

"不用查。在这里的人我都记得。"

"可是这里每天都会带来好多人吧? 您是说您逐一全都录入脑海了?"

"是的。因为那是我的工作。"

"爷爷是前天刚被带来的。拜托了，还请查一下，肯定有他的名字。"

"没用。"

"那爷爷到底在哪里呢?"

"我们所属的大楼不止本部这一座。支所分散设在各处。我唯一可以确定的是你要找的这位不在这里。我能奉告的就是这个了。"

"那么,就是在某个支所了吧。请告诉我是哪个支所吧。"

"我们各司其职,职责划分复杂细致,不是你想的那么简单。"

"我从没说过简单。我就只是想给爷爷送点儿东西而已啊。"

男人一脸不耐烦,眉间紧锁。磨得锃亮的金色桌灯照亮他的手边,他的手指青筋暴出,瘦骨嶙峋。文件上密密麻麻写着不明所以的数字和字母。他把文件夹、卡片、修正液、裁纸刀和订书机齐齐摆在最便于取用的位置。

"看来你是相当不理解这里的架构啊。"

男人自言自语似的说着,朝我身后使了个眼色。

只是个极小的暗号,却立刻不知道从哪里出现了两名秘密警察,贴身站到了我的两侧。他们胸前的徽章比接待的男子少，所以我猜他们的级别比那男子要低。

其后事态在无言中推进。即使没有命令，类似事件的处理流程似乎也早已定好了。我在两名秘密警察的夹击之下乘坐电梯，进入往里走的回廊，被带到了位于深处的一个房间。

那是一处豪华得超乎想象的房间，我有些慌乱。皮革沙发是高档货，墙上装饰着哥白林式壁毯，窗帘上缀满波浪形花边，甚至还有女侍送来了红茶。我不清楚他们究竟打算如何处置我，但我想到当年来传唤妈妈的那辆车之豪华，心说不能掉以轻心。我坐在沙发上，手提袋放在腿上。

"好不容易冒雪前来，既没见上人，也没送成物资啊。"

这次坐在我面前的是一个矮个子、身材瘦弱的男人。不过单是看他别着带有缨穗的勋章这一点，料想这人位阶不低。他眼睛大大的，唯有这个部分较为容易读取他的表情。带我来到这个房间的二人站在门前。

"为什么？"

自从来到这里，一直在被质问，于是我也问道。

"这是规矩。"

男人眉毛略微一挑，回答说。

"又不是要递送些什么可疑的东西，我好好打听过了，都没问题的。"

我把手提袋倒过来，将里面的东西一股脑倒到桌上。水果糖的罐子和怀炉撞出一些声响。

"我们为您的爷爷提供了充足的食物和温暖的房间，不必担心。"

桌上的东西男人瞧都没瞧一眼，说道。

"爷爷一直在好好地消除记忆，况且他不过是个已经退休、在渡轮上度过余生的老人，应该没什么让你们带走的理由才是。"

"这一点由我方判断。"

"烦请告知判断的内容。"

"这位小姐您一直在蛮不讲理地提出质问啊。"

男人用食指按住太阳穴。

"我们的职责几乎全是必须秘密进行的事项，一如秘密警察的名头。"

"你们能够确保爷爷安然无恙吗？"

"自然是安然无恙的。您今天不就是来陈述他不该遭受记忆搜捕的理由的吗？还是说实际上有让他无法安全脱身的苗头？"

我一边告诉自己绝不能为这种糊弄小孩的台词所动，一边毫不犹豫地回答"没有"。

　　"那就没什么好担心的了。我们只是请老爷子帮点儿小忙。一日三餐，管饱管够。我们的专属餐厅里都是在一流餐厅研修过技艺的大厨。你这些东西就算带过去了，老爷子也吃不完的吧。"

　　男人朝桌上的手提袋瞥了一眼，像是看到了什么脏东西似的。

　　"什么时候可以回去了，也一定会按规矩告诉我的吧?"

　　"正是。您似乎大体搞懂我们的规矩了。"

　　男人脸上浮现出微笑，二郎腿换了个边，勋章的缨穗在胸前晃荡。

　　"将消灭刻不容缓地执行下去，及时删除不必要的记忆，这是我们首要的工作。永远揣着无用的记忆没有好处。对吧?脚部大拇指坏死时，必须抓紧把大拇指切除。放任不管，整只脚都会失去，跟这同一个道理。唯一的问题是，记忆和内心都没有具体的形态。人们可以藏着各自专属的秘密。以看不见的东西为工作对象，我们也很伤脑筋，这是相当细致的工作。提取无形的秘密，加以分析、甄别、处理，因此我们当然也要守口如瓶。嗨，就是这么个道理。"

男人一口气说完这些，用左手手指叩了叩桌子。

窗外有地面电车驶过。转过十字路口时，屋檐上的积雪滑落下来。雪在久未露面的太阳底下发出尽管微弱却耀眼的光芒。对面的银行大门口，取钱的队伍一直排到了外面。大家都缩着肩膀，不停搓着双手。

房间里保持着舒适的温度。除了男人叩桌子的声音外，别无声响。门前的二人依然默默站在那里。我的视线落在自己脏了的靴子上。不知不觉间，袜子已经干了。

看来没办法打听到更多爷爷的消息了。我又回想了一遍来到警察本部后和秘密警察打交道时说过的话，最终还是不知道爷爷如今怎样了。我断了念想，把桌上的东西收进手提袋。从家出来时还热乎乎的面包，现在已经凉透了。

"那么接下来，轮到您来回答我方的提问了。"

说罢，男人从桌子抽屉里拿出一张纸。是张滑溜溜的灰色的纸，上面列着事无巨细的条目：姓名、住址、职业自不待言，还有学历、病史、宗教、身份、身高、体重、鞋子尺码、发色、血型等。

"好，请用这支。"

男人从胸前口袋里抽出一支圆珠笔，递到我的面前。

这时我才后悔来了这里。我提供越多自己的信息，就会越缩短他们和 R 先生之间的距离，我本该想到这一点的。然而，让他们看出我的犹豫更加危险。有妈妈的事情在先，他们特别留心记载关于我的资料也不奇怪。他们并非想要知道我的住址和姓名，只是想试探我罢了，所以当务之急，我得装出若无其事的样子来。

听完他的话，我直视着男人的目光接过了圆珠笔。不是多么难的问题。为使手部稳住别抖，我有意比平时运笔慢些。圆珠笔触感润滑，像是价格不菲。

"趁热喝吧。"

男人端过一杯红茶。

"谢谢……"

口中含了一口，我意识到这不是红茶。味道和气味有微妙的差别，是种我从没喝过的饮品，那是枯叶堆积的树林般的气味，酸苦交杂。不难喝，但咽下这一口也需要勇气。我怕里面万一下了药。有种药能将人催眠，套出秘密，还有能分析出我的 DNA 的药。

男人和门前的二人无不紧盯着我这边。我静静地喝下饮品，交上了填完的纸张。

"好了。"

男人大致扫了一遍，脸上露出浅浅笑意，把圆珠笔放回胸前口袋，勋章缨穗又在晃动。

当天晚上下雪了。白天的紧张加上不明真相的饮品，使我莫名地精神亢奋，久久难以入眠。我铺开稿纸打算接着写小说，可一字一句也想不出来。无奈，我从窗帘缝隙里向外看飘雪的样子。

我挪开办公桌上的国语辞典和谚语词典，扯起藏在后面的用作简易话筒的漏斗。

"睡了吗？"

我把漏斗凑近嘴边，小心翼翼地出声问。

"没，还没呢。"

传来 R 先生的应答声，同时还听到了床的弹簧声。密室的话筒装在了床头墙上。

"有事吗？"

"没，没什么事。只是，有点睡不着……"

漏斗用银色的铝皮制成，颇有些年头了。虽说洗得干干净净了，却还微微留有在厨房使用时的调料味。

"现在，下着雪呢。"

"是吗？完全没有察觉。不过雪也是老下啊。"

"嗯，今年尤其多。"

"在我房间一墙之隔的外面正在下雪，真是难以置信呐。"

我喜欢 R 先生通过简易话筒说话时的声音，就像从脚下深处渗出的一眼清泉。通过长长的胶管的过程中，多余的部分消失，传递而来的只有透明柔和的声音细胞液。为了不错失任何一滴，我几乎用漏斗把左耳整个罩了进去。

"我时不时把手放在墙上，想象外面的样子。我想我是没办法通过触摸墙壁来感知到什么的，我只是试图了解风向啊，冷热啊，湿度啊，您所住的地方啊，河水流动的声音啊，这些的蛛丝马迹，可总是碰壁。墙壁就是墙壁，我只是幻想出一个贯穿墙壁的孔洞而已。"

"和 R 先生您来到这里时相比，外面的风景可是完全变了个样哦。都是这些雪。"

"变成什么样了?"

"这个嘛，一言难尽。首先，目力所及的东西全都被雪埋住了。积雪之深，深到就算有些阳光照上去也不会融化，所以物体的轮廓全都变得圆圆的，总感觉风景的总面积大约缩小了五分之四。天空、海洋、山丘、树林、河流，都是。人人都缩着膀子走在路上。"

"唔。"

应声的同时，又听到了弹簧的声音。他好像躺到了床上在说话。

"现在下的是颗粒特别大的雪。像是天上的星星统统落下来一样，不停下着。在黑暗中翻转，发光，相互碰撞。您能想象吗?"

"相当困难啊。不过，我能明白那是很难想象的美丽风景。"

"嗯，的确很美。可在这样的夜里，岛上某处或许也在进行着记忆搜捕。在大雪的寒冷中，您的记忆也不会消失吗?"

"当然了。跟寒冷无关。记忆远比您认为的更加强韧，包覆着记忆的心灵也是同样。"

"是吗……"

"好像有点遗憾啊。"

"我觉得，假使您能和我们一样，不断消减您的内心，就没必要藏在这么个地方了。"

"啊……"

嘟哝的同时，他还不小心带了一声叹息。

用简易话筒通话时，需要把漏斗从耳朵挪到嘴巴，从嘴巴挪到耳朵，依次挪动，因此他和我的谈话间飘荡着片刻沉默。拜这些沉默所赐，即便在这不经意的交谈中，我也像是听到了对方舌尖上用心暖热了的语言。

"看这情形，明天早上肯定要扫雪了呀。"

我伸手稍稍给窗帘拉开了一道缝。

"每周一和周四都有政府的卡车来铲雪。从爷爷的渡轮停泊的那个港口去把雪投到海里。哗啦啦、哗啦啦，一趟又一趟。运送到那里的过程中，雪变得脏兮兮的，惨不忍睹。像被巨大的海洋吞进咽喉似的，消失在波浪之间。"

"扔到大海里去了吗？我从前都不知道。"

"是的，规模巨大的丢弃场所。可是，消失在波浪里之后，雪会怎么样呢？每当我站在渡轮甲板上目睹这一投弃作业时，总在思考这个问题，关于雪的结局。"

"难道不就是马上融化吗？"

"融化，变得咸咸的，和海水难分难解，之后不过是漂浮在鱼儿四周，摇动海藻吧？"

"大概吧。又或许被鲸鱼吞进肚子，成为潮水。"

我换到右手拿漏斗，胳膊肘支在桌子上。

"总而言之是会消失呀，哪儿都到达不了。"

"是啊。"

他轻声叹了口气。

周围家家户户的窗户都一片漆黑。马路上车辆的声音、风声、警笛声都听不到了。全镇都在沉睡。醒着的唯有他流动在耳畔的声音。

"看着看着雪，不知怎么就想到了睡眠的事。"

"睡眠？"

停顿片刻之后，他重复了一遍那个短小的词语。

"嗯，奇怪吗？"

"不，不是那个意思。"

他说。

"没想得那么深那么难。只是闲来无事，随便瞎想想的。就像思考不知道谁丢在厨房里的吃剩下的奶油酥饼这种事情似的。"

"……"

我把漏斗放到了耳朵上，没有声音，于是我又把漏斗挪回嘴边。

"拿酥饼来说。是吃呢，还是扔进垃圾桶呢，还是去喂狗呢？看着雪，我在厨房里考虑这些问题的样子浮现在了脑海里。毫无脉络可言，突如其来。当然了，奶油酥饼外面裹着一层雪白的鲜奶油。这样愣了一会儿，不知不觉间，我发现奶油酥饼就被替换成睡眠了……还是怪怪的哈。"

"不怪。这都是心理活动。再怎么空洞的内心，也还是可以感知到什么的。"

"搓澡海绵的碎末啦，白砂糖的颗粒啦，沾满蛋糕碎屑的奶油啦，不知道什么时候都作为睡眠本身摆上了餐桌。不是要勾起睡意，而是睡眠的轮廓就在那里。我不停地想，是把睡眠拿在手中填进嘴里呢，还是扔进垃圾桶呢，还是去喂狗呢？"

"那，您会怎么做呢？"

"不知道。我只是呆呆地想。既想拿起蛋糕吞进肚子，沉沉地长睡不醒，可一想到可能再也无法醒来，又心生恐惧。唯一确定的是，风雪对面残留着奶油酥饼的碎屑。"

虽说爷爷已经做得足够好了，但那话筒终究是个简易装置，管子略微拧一点或者漏斗斜一点，声音立刻就跑远了，不是时时都能传导响亮的声音的。我说话时噘起嘴唇，尽量让声音传入管子深处。

"小时候十分憧憬沉睡世界，我想那样的话，作业、难吃的饭菜、风琴练习、疼痛、忍耐、眼泪就都没有了吧。八岁时，我差点儿离家出走。原因已经忘了，大概只是点鸡毛蒜皮的小事吧，考试考砸了，要么就是在班里只有我一个人翻不了单杠，我就决心离家出走去沉睡世界。"

"八岁的时候，还真是挖空了心思要离家出走啊。"

"有个星期天，爸妈去参加熟人的婚礼，我实施了计划。奶奶因为胆结石手术正在住院。我拉开爸爸桌子的抽屉，偷出装着安眠药的瓶子。我知道，爸爸睡觉前总会吃一颗那个瓶子里的药。记不清最后我是吃了几颗了，本来是打算能吞多少吞多少的，估计也就吃了四五颗吧。喝了水，肚里很快鼓鼓囊囊，喉咙里苦苦的，再服不下更多了，但还是睡过去了。我心满意足地想：啊，这样我就能去到沉睡世界了，吃了那么多，再也回不到这里了吧。然后就坠入了沉睡之中。"

"后来怎么样了呢？"

R先生小心斟酌着语气问。

"没怎么样啊。我倒是真睡了，可并没有什么沉睡世界，只有无尽的黑暗……不，这么说不太贴切，连黑暗都没有。

空气、声音、重力，甚至连我自身都不存在。压倒性的无。当我醒过神来，已经是黄昏时分。我寻思自己到底睡了几天了呢？五天？一个月？一年？我四下里看了看，晚霞映红了窗玻璃，但我转瞬就意识到这还是同一个周日的傍晚。爸妈已经从婚礼返回了，二人都没察觉我一直在睡。嗨，他们只是喜滋滋地说，吃点婚礼回礼的蛋糕卷吧。"

"那么小吃了安眠药，对身体无碍吗？"

"非但无碍，熟睡了一觉，反而更精神了，所以没有额外的痛苦。说不定那就不是安眠药，只是维生素片罢了。总之，我白折腾一顿，哪儿都没到达，就跟被扔进大海里的雪一样。"

夜渐渐深了，拿漏斗的手越发冷了。许是燃料少了吧，暖炉的火苗虚弱地摇晃着。

"对了，通过话筒能听得到下雪的声音吗？"

我站起身打开窗户，没想象的那么冷，只是两颊有点刺痛。管子不长，扯不到窗户那儿，可为了让外面的空气能钻进他待的地方，我用尽全力把漏斗拽向雪的方向。开窗时，气流改变，雪瞬间卷起涡旋，随即又恢复自上而下地落下。

"怎样？"

我问。误入房间的雪沾在了我的头发上。

"啊，收到了。收到了雪的声音。"

他的低声言语融进了夜色中。

14

爷爷被释放出来是在三天之后了。傍晚，我一如往常在散步途中去看看渡轮的情况，发现爷爷躺在用作卧室的一等舱里的沙发上。

"您什么时候回来的啊?"

我赶紧凑到沙发前，跪下握住毯子一角。

"就在今天早上。"

爷爷的声音虚弱、嘶哑。胡子长了，嘴唇干裂，气色不佳。

"太好了。您能安然无恙，真是太好了。"

我连连抚摸爷爷的脸颊和头发。

"不好意思让您担心了。"

"这都是小事，您的身体不要紧吧？您看起来很是虚弱。有哪里受伤了吗？我们还是去趟医院看看比较好吧？"

"不用，我的身体没事，也没受什么伤。只是有点累，歇歇就好。"

"真没事吗？对了，您肚子饿不饿？我来做点补养身体的食物吧。您稍等。"

我隔着毯子轻轻拍了拍爷爷的胸口。

爷爷不在的时候，冰箱里的东西都放久不新鲜了，但此时此刻顾不了那么多，总之先用手头能找到的蔬菜做个汤，泡上一壶茶。然后，我把爷爷扶起来，为他别上餐巾，用勺子喂他喝汤。

"秘密警察究竟怎么您了？"

待爷爷喝下了三口汤，看起来情况稍微稳定一些了，我问道。

"请您放心。那些家伙半点儿没有察觉密室的事。通过这次的事，这一点算是清楚了。那些家伙这次着力调查的是一起密航事件。"

"密航事件？"

"对，好像是上个月月末，有队人马从灯塔那个海角的山崖下面乘船逃走了，为了逃离记忆搜捕。"

"可他们是怎么做到的呢？按说岛上现存的船只应该没哪艘还能开动了啊，船已经消失多年了。爷爷您的渡轮也是这样吧？而且最重要的是，连记得怎么开的人都没有了才是啊。"

"不，被记忆搜捕追踪的那些人没有忘记。他们没有忘记船只引擎的轰鸣声、汽油味、滑向大海时波浪的形状。"

爷爷将餐巾捂在嘴边，咳了一声后，继续说：

"我想，那个团队里是有造船技师或者船员，总之包括一些跟船有关的人吧，这样才能实现这次离奇的密航行动。之前人们都只考虑藏起来，渡海逃走完全超出了想象。秘密警察看样子也十分慌张。"

"他们是怀疑爷爷有没有帮什么忙吗？"

"是的。掌握船只技术的好像一个不落全都给带去了。边边角角，每分每寸，都调查到了。让我看了好几张不认识的人的照片，采了指纹，问了过去几个月的时间里做过什么，还做了身体检查……哇，我竟然见证了一件兴师动众到这个地步的事件。当然了，关于密室，我一个字也没讲。那些家伙为了船的事也是一个头两个大，所以应该没有多余的精力怀疑到这里吧。"

我搅了搅汤，捞出人参切片和荷兰芹。每当我把勺子送到爷爷嘴边，他总是有些不好意思地低头喝下汤水。

"可还是很过分啊。把毫不相干的人折磨得这么憔悴。"

"没有没有，只是稍微有点儿累而已。我对密航事件相关的疑点坦坦荡荡，所以他们问我什么，我都不会痛苦。只不过为了不让那些钻进牛角尖的家伙使用非人手段折磨，坚定一点就好了。"

"可是，那些人到底是怎么躲过秘密警察的眼睛把船开出去的呢？"

"是啊，具体情况我也不知道。好像是暗地里修好了留在造船厂的船只。船只被消灭时，所有引擎都被拆除、分解，投进了海里。嗯，他们一定花了许多功夫制造了各种各样的替代品吧。秘密警察也问到了我这些技术问题，我自然也是答不出的。因为跟船相关的记忆半点儿都不剩了。"

"是啊，是这样的……"

我从壶里往杯子里倒上水，递到爷爷手里。窗外依然是大海，风不算狂，浪却很高。被浪拍碎的海藻漂荡在波浪之间。傍晚的黑幕已经迫近远处的海平面。爷爷双手捧着水杯，看了一会儿杯子，之后一饮而尽。

"可是，很可怕吧。划向夜晚的大海。"我说。

"是啊，我也这么认为。说是艘船，实际上是东拼西凑组装起来的并不可靠的物件啊。"

"大概有多少人在船上呢？"

"这就不知道了，不过十有八九超员了吧。寻找逃生之路的人应该一艘船是装不完的。"

我再一次将目光投向窗户的方向，脑海中浮现出一艘漂浮在海面上的船只。那是一艘或许是过去渔民打鱼所用的木质小船，勉强搭起堪称寒酸的船篷。船身的喷漆几近脱落，海藻和贝壳覆满船体，引擎声音微弱，小船遍体鳞伤，飘飘摇摇，里面的人身体紧紧贴在一起。

毫无疑问，灯塔没亮，照着大海的唯有月亮，甚至连人们的表情也看不清。还有可能，那天夜里下了雪，连月亮都没出来。人们只能抱成一团黑影，统统被塞在船里，没有一丝缝隙。令人不禁担心一旦哪里失去平衡，船就会像玉米粒崩开一样，大家纷纷七零八落地掉入大海。

船只超重，速度提不上来。动力全开，声响变大，可能会被秘密警察发现，那是最恐怖的。因此要悄悄摸摸地缓缓向海平面前进。大家一只手紧紧抓住船体的某一部分，另一只手放在自己胸前，不断祈祷船只就此平安驶离海角……

我眨了眨眼睛，海面上依然只有海藻在摇荡。我已经好多年没有见过开动的船只了。跟船相关的记忆都在船只消失那天瞬间冻结，被吸入了内心深处的无底深沼，所以要想象渡海的人们的样子十分艰难。

"那么不知道他们最终成功了没有？"我说。

"只是确定他们离开了岛。可冬天的大海境况恶劣，没人知道他们到了哪里，船可能沉没了吧。"

爷爷把杯子放在墙边小桌上，拿餐巾拭了拭嘴巴。

"可他们究竟要去哪儿呢？海平面那边什么都看不到啊。"

我指着大海说。

"不知道。大概什么地方有那么一个可以保持永不消逝的心的地方吧。但是没人去过那里。"

爷爷在毯子上把餐巾叠成了小方块。

除了爷爷回归之外，另有一件值得欣喜的事情。R先生的第一个孩子平平安安地出生了，是个体重两千九百七十四克的男孩。

爷爷的身体还没复原，所以那天由我去了百叶箱那里。雪积得很深，骑不了自行车，又没钱租车，于是，我只能步行到山丘北部。

转过位于岛屿北部尽头的十字路口，正前方就是精炼所，前面是一条笔直到底的道路。卷帘门紧锁的食堂、职工宿舍平房、加油站、荒芜的农田对面，耸立着一座铁塔。如爷爷所说，那就是个衰亡了的铁质木乃伊。

这条路罕有人至，没人扫雪，一路走来相当吃力，数次拔腿时一屁股摔倒。偶尔和用围巾把头包得严严实实的老奶奶、发出突突声的摩托车以及脏兮兮的猫咪擦肩而过。

历尽艰辛总算到达小学时，午饭早就消化光了。校园里白茫茫一片，不见一个人的足迹，大雪无痕。右手边有跷跷板和篮球架。对面有个饲养小动物，或许是兔子的小屋，里面自然空空如也。正面的校舍是座三层的建筑，整整齐齐地排列着几扇大小相同的窗户。

没有任何在这片雪景中活动的物体。没有风，连个人影也没有，只能听到自己的呼吸声。那里分明一片穷途末路的景象。

我朝摘下手套的双手哈口气，朝百叶箱走去。百叶箱正位于校园斜对角线的位置。雪积得太过完美，踩上去让人惶惶不安，途中甚至不敢回头确认自己的足迹是否留在了身后。

百叶箱上也像戴了顶帽子似的积了圆圆的一堆雪。跟爷爷告诉我的一样，稍微当心往上托着点去开百叶箱的门，箱门发出吱吱扭扭的声响打开了。里面有些暗，挂着一张蜘蛛网。温度计和湿度计后面有东西。装有内衣、文库本的书和点心的盒子大概有两只手那么大，包得好好的，最上面夹着一张宝宝的肖像画。

是谁画的呢？我把画拿在手中，明信片大小的纸上用彩铅画着一个闭着眼睛的宝宝的样子。褐色的头发软软的，耳朵齐整，眼角上挑，披着一件淡蓝色的蕾丝斗篷。画绝对称不上技艺高超，但能感受得到认真描画那一根根发丝和蕾丝的细致认真。

"十二日上午四点四十六分出生，助产士说生得十分顺利。宝宝也很健康。刚一生出来，就在我肚子上撒了一泡尿。我准备了蓝色和粉色两种纽扣，把其中的蓝色纽扣全都缝到了现在的宝宝服上。不用担心我们，我坚信，总有一天你能亲手抱起宝宝。请多保重。"

里面是太太写的信。我反复读了三遍，又夹回原来的包袱结里，关上了百叶箱。上面积的雪坍塌掉落到了脚边。

密室没有上锁，我没敲就打开了密室的盖板。R先生毫无察觉，仍然专心致志地坐在桌前，做着我昨天拜托他的工作——擦拭家中仅有的一套银器。

沉默片刻后，我看了看他的后背。是不是错觉呢？总感觉自从躲进这里之后，他的身体渐渐缩掉了似的。由于总是见不到太阳，皮肤变白了，食欲不振导致体重也有所下降吧，然而我所感知到的不是这些符合逻辑的变化，而是更加抽象的氛围上的质变。每次见面都觉得他似乎轮廓模糊，血液变淡，肌肉萎缩了。

或许，这就是他的身体适应了密室的证据。为了屈身于这个空气稀薄、声音无法传达、笼罩在被捕的恐惧中的逼仄小屋里，不得不让过剩的部分蒸发掉吧。原想能够保持一切，换来的结果却是身体渐渐失去了活力。

我想起了过去在电视上看到的某个马戏团，那里有一个把被卖到这里的孩子关起来的木箱子。孩子只能从一个洞里钻出头来，双手双脚不能自由活动，蜷缩在一起，经年累月地如此度过。不论吃饭还是睡觉，都不能从箱子里出来。于是，身体不知何时已经固定成型，手脚都无法伸展了，之后这种类似奇形怪状的昆虫般的样子再被拉到人们面前示众。

盯着 R 先生的后背看着看着，不知道为什么，我的脑海里浮现出了马戏团孩子枯瘦的手脚、瘤子般硬化的关节、凸起的肋骨、满是脏污的头发和无精打采的眼神。

他还没注意到我，继续擦拭着银餐具。他弓起背来，像是做祷告似的姿势，细细花时间来回擦着叉子的边角。手工雕刻的花纹凹处以及前端缝隙，他也都一个个用布塞进去擦。桌上放不下的砂糖罐、蛋糕托盘、洗手盅、汤匙，都摆在铺了报纸的地板上。

那套餐具是妈妈带来的嫁妆，过去在有贵客到访时才会使用，已经塞在碗柜最深处相当长时间了。就算 R 先生把它擦拭得再仔细，恐怕都不会再用到了。不会再招待客人，开派对，也没了为我们做配得上高档餐具的料理的奶奶。

找一份能在密室里完成，不至于让人疲劳，却又能让人短暂忘却寂寞的工作出乎意料地困难。有没有用不是关键，擦拭餐具是我所能想到的最为适合他的工作了。

"就算秘密警察闯进来，您也还是打算接着擦叉子吗?"

我出声说。R 先生一惊，回过头来，左手握着的叉子戳向空中，"啊"了一声。

"不好意思，我悄悄打开了盖板。"

"不，没关系。不过我还真是完全没留意啊。"

"您太投入了，我冷不丁一出声吓到您了。"

"没打算这么投入来着……"

他有些羞涩似的扶了扶眼镜框，将叉子放在擦布上。

"我能稍微打断您一下吗？"

"当然了。来，您下来坐过来吧。"

我踮着脚避开地板上摆放的餐具，坐到了床上。

"都很贵重呢，都是些现如今买不到的东西哦。"

他将椅子转了半圈过来，面朝我的方向。

"怎么说呢，确实都是妈妈的宝贝来着。"

"很有擦拭的价值呢。越是擦得仔细，越能得到回报。"

"怎样的回报？"

"一点点剥落覆盖在外面的那层旧时光的膜，让它光彩重现，而且那并不是突兀刺眼的光芒，而是更加内敛沉淀的清冷光辉。托在手里仿佛握住了光本身，就像有什么在向我诉说似的，让人想去轻轻爱抚。"

"银色光辉还有这作用，这是我不曾想象到的。"

我缩起身子趴在桌上去看藏青色的擦布。他像是在疗愈疲惫的手一样，手指一伸一蜷。

"听说过吧？过去，大户人家家里光是擦拭银餐具的仆人都要雇好几个。"我说，"在正对着中庭的石头仓库里只管不停地擦拭餐具。工作就这一样，再没别的了。正中央有张细长的桌子，仆人们整整齐齐坐在桌子两边，每个人面前摆着当天份额的工作量。为了避免唾沫飞溅和呼吸吐纳弄脏餐具，严令禁止他们说话聊天，所以他们个个闷声不响地干活。仓库里冷飕飕的，即使白天也没有阳光照射进来，只有一盏摇曳的烛光。假如没有最低限度的照明，也检查不出到底擦得怎样吧。级别稍微高一点的仆人——负责厨房备货的人——严格检查他们有没有偷工减料。灯下石壁上映出一个个影子，不断变换着朝向。就算发现了一点污渍，哪怕只有一点，也理所当然要返工，而且第二天的工作量要翻倍加码，这样一来就必须通宵擦拭了。所以仆人们在检查期间都定定地俯首帖耳站在那里，胆战心惊……这故事也太不合时宜了，不好意思啊。"

我意识到自己一个人絮絮叨叨有点过头了。

"没关系的。"他说。

"但是有些无聊吧?"

"不会。"

他摇摇头。

近距离观察,我切身感受到了他身上散发出的脆弱易碎的气质。与外部世界接触时,他更能保持一种平衡,也就是身体各部分各司其职的统一感,没有缝隙。可如今,我感觉只需用食指轻轻触碰他的锁骨一端,他就会像个断了线的扯线人偶一样七零八落了。

"仆人的故事里最令人吃惊的是啊……"

我接着说。

"长时间工作后,他们就渐渐发不出声音了。从早七点到晚七点关在石仓里坐着不挪窝地移动擦布,不知不觉间真的无法开口了,甚至连出了仓库不用再担心餐具上的污渍时,也已经记不起自己的声音了。可是仆人们都很贫穷,接受不到教育,更没什么其他的工作渠道,于是只能继续擦拭餐具了。他们心里想的是,只要能赚到钱,失去声音也在所不惜。一个接着一个失去了声音,渐渐地,仓库里一片寂静了,只有擦布和银器的微小摩擦声在空气中飘荡。可事情为什么变成了这样呢? 大概银器的光里有把声音吸进去的力量吧。"

我从脚边拿起一个大个儿的甜品盘放在腿上，那是妈妈总在开派对时用来摆放巧克力的盘子。不过，我总捞不着吃。奶奶吓唬我说，小孩子吃巧克力，肚子里会生虫的。盘子边缘雕成了精致的葡萄模样。果实和藤蔓间隙里积落着尘埃，像是在依次等待着 R 先生的爱抚。

　　"这种事当真存在吗?"

　　枕头旁边躺着漏斗话筒。床单刚洗过，浆得平平整整。墙上的日历上，过去的日子都画着×。我每次过来，都会看到起初乏味的架子上也慢慢多了些东西。

　　"这都不是什么着急的事，您再悠着点做也没关系的。"我环视了一下房间后说。

　　"嗯，我知道的。"

　　"要是你的声音也被吸走了，可如何是好呀?"

　　"没关系的。反正我已经没什么可失去的了。"

　　"是啊，是这么回事。"

　　我们相视一笑。

　　离开房间时，我把百叶箱里的东西交给了他。他默默看着小宝宝的肖像画。我想我该说点什么，可又找不到合适的话语。

他没怎么感伤，只是像看小说稿子或抚摸银餐具的光泽那样静静地注视着。

"恭喜。"

他始终一言不发，我忍不住开了口。

"照片也已经被消灭了啊。"他低语道。

"zhào piàn?"

我一时反应不出那个词的意思。心中来回重复这个词，终于朦朦胧胧地记起曾经有个将人的形象原样投射在滑溜溜的纸上的名叫 zhào piàn 的事物存在。

"嗯，是啊。说起来是已经被消灭了呢。"

他把画反过来，开始读信。

"看着可真是个可爱的宝宝呀。"

估摸着他把信读完了，我说。

"照片全部被消灭了，但相框的话或许哪里还剩着一个，等我找找带过来。"

我爬上了梯子。

"谢谢。"

他说道，没有抬起头。

15

麻烦事来了。有一天早上，我的打字机突然坏了。

再怎么敲键盘，活字的杠杆都抬不起来了，像是痉挛了的蚂蚱腿儿似的，只能微微颤动。从 A 到 Z，从 1 到 0，逗号、句号、问号，所有按键的杠杆都失灵了。

昨天晚上，我最后跟他打出"OYASUMINASAI（晚安）"的时候都没有任何异样，既没掉在地上，也没撞到什么，可今天一早醒来，一个字也打不出来了，怎么会有这种事呢？当然，之前这机器也小修小补过，调一下歪掉的活字呀，顺一下不太活络的墨辊之类的，但总体还是一部结构精密、坚实耐用的打字机。

尽管如此，我还是觉得可能是哪里卡住了，于是把机器放在腿上，用力叩下一个个按键。他跪在一旁探头看着我……检查到 A、S、D、F、G、H、J、K、L 这一行时，他搂住了我的肩膀。

"你这样乱动反而更糟。让我试试吧。"

他双手搬起机器，打开外壳，小心翼翼地拆除、装回了几个部件。

"怎么样？"

我想问，可发不出声，也打不了字，只是习惯性地用手指叩击着空气。

"这就有点麻烦咯，得正儿八经地修理修理了。"他说。

"怎么办才好呢？"我抬头看着他。

"去一下打字教室楼上的钟楼机械室吧。我们请求教会把那里借给我们用作仓库兼修理室了。那里工具一应俱全，就算修不成，也可以另拿一台打字机来用。教会总有多余的打字机的，不用担心啦。"

过去我都不知道教室上面那层是这样用的。那里是钟楼机械室，我知道钟每天上午十一点和下午五点敲响两次，却从来不曾踏进那里。

说真的，我从小就觉得钟的声音可怕得不得了，所以从来没动过爬到塔顶去瞧瞧的心思。

钟声太响太沉重，余韵久久不消，就像濒死之人的呻吟，响彻大街小巷每个角落。不论在教室里练习打字时，还是在菜市场挑选蔬菜时，抑或是在家里床上和他拥在一起时，一旦钟声响起，我的身体就会不自觉地发僵，心脏噗通噗通狂跳，难受不已。

能发出这般声音，钟楼楼顶一定是布满了齿轮、粗壮的锁链和沉重的铅块，指针每走一格，这些部件就机理复杂地相互作用一番吧。

而且十一点和五点时，往上卷到最大限度的锁链力度达到峰值，拉起连动杆。小时候我自顾自地想象，往里乱钻的话，肯定会被齿轮夹住身体，被锁链绞到脑袋，被铅块压得粉碎……就是如此令我恐惧的声音。

机械室的房门上着锁，他从上衣内袋里掏出一串钥匙，毫不迟疑地抓起一把就打开了门。常年装在他内袋里的秒表在我眼前闪过。

房间里的情形和我想象的不太一样。大钟盘背后的确是齿轮、滑轮、发条模样的机械部件，相互咬合着保持运转，但是就房间的宽敞程度而言，这点儿地方只是其中一部分，占据房间绝大部分空间的是堆积成山的打字机。

我在门口呆立了一会儿，把这个房间从左到右边边角角看了个遍。我从没想过这里竟然藏着数量如此之多的打字机，一时间有些茫然失措。

"哎，进来呀。"

他招招手，温柔地邀我进去。身后门啪地关上了。

天花板低低的，除了塔尖的玻璃顶之外再无窗户，房间阴冷，积满了尘埃。脚踩在地板上，木头和木头的接缝嘎吱作响，鞋跟时不时挂到冒出头来的钉子上。天花板上垂下的灯泡发出的光不足以照亮整个房间，明明一丝风也没有，灯泡却在微微晃动。

我试着慢慢靠近大钟，它比从下面仰望时看到的庞大得多。机械部件和数字表盘之间有些空隙，使我有机会触碰到了箭头状的指针。指针很大，就算站上箭头部分躺在上面也完全没问题。设计精巧的罗马数字近在眼前了，一个"Ⅻ"大概就有我的头的五倍那么大。

向下望去，教会的院子看起来变小了，地面远得令人目眩。机械一刻不停地发出吱吱咯咯的声音，空气中飘散着机油的气味。

最上面安装着钟，具体是什么结构不得而知，但一到时间就自动敲响，应该是和计时机械有着精密的连接。过去或许闪烁着金色的光辉，如今却一副灰不溜秋的模样了。不过，怎么着也还是能发出如此声响的，颇有一份厚重的威严。我都有些担心，这吊顶能不能承受住这份重量，可别崩坏掉下来啊。

"来，过来坐这儿。"

他指了指房间中央的桌椅。那是这个房间里唯一的家具，陈旧简陋。可上面的尘埃却像是被一干二净地擦拭掉了。

"还满意吗?"

说着，他信手把我那台坏掉的打字机扔到了堆得高高的打字机小山上。山形稍微塌了一点，发出刺耳的声音。

什么满意不满意的，明明来这儿就是为了修理打字机，为什么要问我这种问题? 我纳闷地坐了下来。

他兴致高昂，始终笑嘻嘻的，耐心温和，永远开开心心的样子。

"怎么样?"

他似乎无论如何都要问出我对这个房间的感想，于是我唯有看着他微笑着点点头。

"我想你一定会满意的。"

他心满意足地说。

没了打字机，我总感觉没有安全感，手边失去了平衡。跟刚知道自己失声时的不安相比，现在被拿走了打字机的没着没落更加令我心慌。

"他为什么不早早带我去修呢？"

我心里暗自嘀咕，但是没有传达心声的手段。我四处张望有没有纸笔，结果一无所获，不禁后悔应该从家带来的。出门时他说"马上就能修好，不用带"，从我口袋里把圆珠笔和便笺纸都掏了出来。

我戳戳他的肩，指了指我那被扔在身后的打字机。可他连身子都不转，却从内袋里掏出秒表，拿块丝绒布擦了起来。不知道是我想说的话没能传达，还是他认为马上就能修好不要着急。

下面有人说话，我还听到了孩子的笑声，像是人们聚集到了教会里。大概是唱诗班排练或者义卖活动吧。教会就在同一地块隔壁，但听起来却像遥不可及的村镇的喧嚣。

等了好久，他依然没有停止擦拭秒表的迹象。他的手指无一遗漏地擦拭着一个个按键的勾缝、一个个链条的孔洞、一个个背面雕刻的标记。

"今天有中级班的测试，所以非专心擦好不可。说起来，当初你可是应付不来这个速度测试的呢。稿子总是打得很糟糕。"

他俯着身说。他不朝我这边看，任我摇头、伸手指、咬嘴唇、微笑都是徒劳，所以我索性面无表情。

我重新环视了一周这个房间。没被钟楼机械占用到的地方，墙壁处几乎堆满了打字机，一直堆到几乎和我等高。到底有多少台呢？无从估量。这是我有生以来头一次见到数量如此庞大的打字机。

这里有各种型号的打字机。有结实笨重的，有洋娃娃般奢华的，按键有四方形的也有椭圆形的，有带木质底盘的，有高档的，也有简陋的……不论喜欢哪种，总能找到与之需求相匹配的。我的那台机器还是保持着他刚才扔过去的状态。打字机山底部的机器已被压扁，把手、盖子都走样了。就算外形不变，也都几乎生出了铁锈，蒙上了尘埃。

或许这些都是等待修理的吧。如此一来，堆积数量过多了，不好用的索性扔掉不是更好？我心里琢磨着，站起身来靠近小山。这时，我忽然想起一件事。这么简单的事，我怎么到现在才反应过来呢？一下看到这么多打字机，人都懵了。对啊，只要使用其中一台就好了啊。这还不是任我挑选吗？这样就能和往常一样跟他说话了呀！

我挑选了一台尽可能新些、没有划痕的，可再怎么用力按，键都一动不动。旁边是台色带皱成一团缠不上的，接下来的一台打出来的字有一半是糊的，还有一台的墨辘偏掉了，然后是……试了许多台，结果都一样，一个个的都用不成。尽管如此，我还是没有放弃，从小山中瘸子里拔将军般试图拽出几台看似完好的，可是刚刚小心翼翼拉了一点，小山就嘎啦嘎啦发出声响几欲崩裂。

"再怎么折腾都没用。"

他说，依然盯着他的秒表。

"这里的打字机没一台能打出一个字儿的。"

这个时候，我又意识到一件简单的事，这里没有纸。别说打字用纸了，连张便笺纸都没有。我费尽力气想找一台没坏的打字机，可是一无所获。

我知道自己完全没了发声渠道，那些语言渐渐交互增殖，淤积在胸憋得人难受。

"请快快修好吧。"

我下意识用手指比划出这样的字形。我连个可以敲击的键盘都没有，手指唯有无可依托地在空气中划动。我忍无可忍，再一次把自己的机器拿到了他的面前。

"你为什么不帮我修呢？是哪里不对吗？我没办法跟你语言交流，心里急死了。"

我抓住他的肩膀，竭尽全力尝试用表情表达心情。

他停下手来，长长吐了口气，之后用绒布把秒表包好，放在桌上。

"你的声音不会再回来了。"

他为什么这么说？我不懂。现在有问题的不是声音而是打字机呀。

"这个修不了了吗？"

我胡乱敲了敲键盘，活字的杠杆依然一厘米都没抬起来。

"你的声音全都被这台打字机封起来了。它不是坏了，而是完成使命被封印起来了。"

封印、封印、封印……这个词语久久在我耳边卷起旋涡。

"瞧，不觉得很壮观吗？这里堆积如山的全都是声音。这是一座再也没办法令空气震动，唯有一动不动地立在这里，静待衰退的声音之山。而且，就在今天，你的声音也加入了。"

他单手提起我的打字机，再次扔进和刚才相同的位置。硬物和硬物相互碰撞，发出闷闷的声响，听上去像是我的声音退路被一扇厚重的门隔断的声响。

"为什么？你为什么这样做？"

我只能动着嘴唇。

"笨蛋。别再做还想出声说话的努力了。"

他用左手捂住我的嘴唇，手心凉凉的，有股金属的气息。或许是秒表的气味吧？

"忘掉自己拥有声音这回事。当然了，你一开始估计会因为不习惯有点迷茫，就像刚才那样，嘴唇一张一合，企图依靠打字机，寻找便笺纸之类的。不过你很快就能理解这些行为有多么徒劳了。你就没有说话的必要了，没有发出声音的必要了。没关系的，不用担心，这样你就终于专属于我了。"

他用捂住我嘴唇的手指摸摸我的脸颊，蹭蹭我的下巴，径直往下来到喉咙那里，慢慢花时间一寸一寸抚摸我的喉咙的每个关节，仿佛在确认我是否真正失去了声音。

我好想立刻大声喊出声，好想摆脱他，逃离这里，可事实上身体却直挺挺地僵在那里。他的手指像是钢丝一样把我箍了起来。

"我为什么做了打字老师，知道吗?"

他还是摸着我的喉咙说。

"不知道。我什么都不知道。"

我来回摇头，然而他的手并未离开我的喉咙。

"在课上，你们的手指按照我所教的移动。T，左手食指往右上方;I，右手中指往正上方;Q，左手小指往左上方;句号，右手无名指往右下方……所有的动作都有定式。学生拼命记忆那些规则，不允许随心所欲。不能按照自己的想法制定规则，也不能引入新的想法。坐在我面前的每一个女人都只能遵照我的指令按顺序和方向挪动手指。但凡有一个地方没遵照指令，我都可以用自己喜欢的方式来惩罚她。打错一个字都可以让她重打一千遍，还可以把做错的题张贴在教室里让她出丑，都是我的自由。在我面前，你们的手指都是傀儡。"

"你在说什么啊? 我不过是跟你学打字而已啊，仅此而已。"

"打字不需要声音。"

他放在我喉咙处的手又加了些力道，指甲掐进了我的皮肤，大概是企图挤出或许仅存的一点声音吧。

"在教室里，大家都是噤声的，没有一个学生敲键盘时说话，只需要把精力集中在手指上。手指是有规则的，而声音没有，这是最让我心烦意乱的一点。教室里只有一片打字声，手指持续顽强敲击，尽可能准确地执行我的指令，尽量少打错，哪怕少错一个字……不觉得这景象很美妙吗？可是，下课铃声总会响起，手指总会离开按键。然后你又开始随心所欲地讲东讲西。回家路上好想吃蛋糕呀。找到一家好吃的店哦。对了，这周六有空的吧？好久没看电影了，去看一场？……真够烦的。刚刚还百依百顺的手指没了分寸，又是拉包的拉链，又是调整发饰，又是挽住我的胳膊。"

"那都是理所当然的啊。我说自己想说的话，想怎么动就怎么动自己的手指啊。你能发布命令的地方只限于那间打字教室之内呀。"

"能消除你的声音真是令人开心。你知道吗？用刀切掉触角后，昆虫就立刻老实了。战战兢兢，缩成一团，甚至无法捕食，跟这是一个道理。只要拿走你的声音，你就没办法保持自我了。不过，你也不用担心啊。你会一直在这里，在被锁在打字机里渐渐衰退的声音中生活。从今往后，我会和你如影随行，操控着你。不是什么难事，就跟记住打字技巧一样。"

他的手终于放开了。我伏在桌上，深吸了一口气。喉咙隐隐作痛。

"中级班的课要开始了。我该下去了哦。"

他将秒表放回内袋。

"今天的文章原稿是一篇医学论文，相当有难度呢，值得期待。那么，你就老老实实待在这里吧。"

他关上房门。沉重的门锁上锁的声音之后，他的脚步声渐行渐远，留下我自己……

小说里的她也被关在了里面，想到这里，我摞好当天写好的稿纸，放上镇纸，关掉台灯开关。本该写他和她因为平凡温存的爱情走到一起，为了找寻声音，二人一起到打字机工厂、海角灯塔、病理学教室冷库、文具店仓库，可不知何时却写成了这步田地。动笔后的故事朝着开始动笔前未曾设想的方向发展也是常有的事，因此我没太在意，收拾好就睡了。

第二天，一觉醒来，日历消失了。

家里的日历全都凑一块也不过三四份，都是些公司宣传用品或者商业街的赠品，不是什么特别花了心思的东西。这次是日历，R先生不会像照片那样苦口婆心地说一堆了吧。想来日历这种东西不过是数字的连续排列。当然，一开始或许也会有不便之处，但计算日期的方法总还是另外找得出几种的。

我用院子里的焚烧炉烧掉了日历。日历都极易燃烧，最后只剩下三根涡旋状的铁丝。

焚烧炉炉底积了许多灰。那些灰块弱不禁风，稍微用棍棒戳一下，即刻化成粉末漫天飞舞。看了那灰，感觉消失也没什么大不了的，并不像秘密警察认为的那样夸张。这样一把火，所有事物就都被消灭了。不管原来形状如何，都是浮云，终将化作灰烬随风飘散。

邻家院子里也都腾起白烟，并被吸入低垂的阴云中。雪停了，依然是个凛然的清晨。孩子们在厚外套之外紧巴巴地背着双肩包。隔壁的小狗从狗屋里探出头来，睡眼惺忪地将鼻子伸进雪里。前方道路上，附近的人们凑一起在路边闲谈。

"这段日子没见着爷爷，他身体还好吧？"

隔壁前帽子匠人叔叔隔着院墙开口问。

"嗯，身体有点不舒服来着，现在已经痊愈了。"

他该不会是知道爷爷被秘密警察带走的事吧？我心中一惊，不过看样子倒也不像。

"这样数九连天的，谁都受不了啊。"

"是啊。而且近来啊，超市里备货情况也变差了，想买点什么都得排长队了吧。在大雪地里排上三十分钟那么久，身上都被冻透了。"

斜对面的阿姨说。

"三天前，我孙子摘除了扁桃体，说想吃布丁，我就跑东跑西去给他找，可到处都没得卖啊。"

在政府机关工作、住西边的邻居叔叔说。

"布丁现如今可是高级货了。天太冷，鸡生不了蛋呀。昨天我排了一个小时总算买到了鸡蛋，也就仅仅四个而已。"

"我买颗花菜往蔬果店跑了五趟，而且店里只剩下干干巴巴还变了色的了。"

"肉店货柜里的空位置一天比一天多了。过去店里挂满香肠，连天花板都快看不见了，最近却只有一两根了，而且十

秘密结晶

179

点半就售罄了。"

大家一个接一个地都在聊着购买食品的奔波劳苦。

"不光是吃的东西啊，壁炉燃料也很愁人。之前有天晚上家里燃料忽然烧没了，冻得人受不了，害得我膝盖都疼起来了。没办法，只好去求隔壁邻居匀一晚的量，还被冷冷拒绝了。"

前面隔了两户的奶奶说。

"啊，去求那家是没用的。大马路上遇到都装不认识，去他们家收居委费也爱答不理，真不知道整天在想些什么。"

他们说的是东邻养着狗的那家，我也不大了解。那家住着一对没有孩子、三十七八岁的双职工夫妇。

之后的话题转移到了说那对夫妻的坏话上。我想尽早返回家中，却一直寻不到契机，于是拿搅火棍扫落院墙上积落的雪，适度附和一两句。像是觉察到有人在说坏话似的，期间听到两三次狗吠声。

"不管怎样……"前帽子匠人叔叔说，"春天总有一天会到来的吧。"

大家都不约而同地点头。

"也可能再也来不了了吧。"

膝盖有伤的奶奶小声嘟哝。

"什么?"

不知哪个忍不住出声道。叔叔把运动服的拉链拉到最高,我手中的搅火棍握得更紧了。

"要是往年,这个时候季风就快改变风向了,树木抽新枝发新芽,大海的颜色也变明亮了。可今年雪还积得那么厚,总感觉有些奇怪啊。"

"不过,每三十年总有那么一次气象异常的年份不是吗?"

"不,事情没那么简单。大家想想看,日历消失了,每个月结束时没办法哗啦啦撕掉一页,也就是说,我们再怎么等都等不来新的月份了。春天不会来了。"

奶奶隔着毛线护膝揉着膝盖。

"那以后到底会变成什么样呢?"

"春天不会来了,那夏天也不会来了吗?农田一直被大雪覆盖,那怎么种地生产粮食呢?"

"一直冰天雪地的,可太烦人了。何况眼下燃料都已经不足了。"

大家你一言我一语,纷纷惶惶不安起来。一阵冷风从马路对面吹过来,一辆满是泥污的车辆慢吞吞地驶过。

"没关系的，多虑了，日历不过是些纸片，忍忍就过去了。没关系，没关系。"

前帽子匠人叔叔像是说服自己一般，重复着那句话。

"是啊是啊。"

大家异口同声地说。

但是，最终还是一如膝盖有伤的奶奶所言，再怎么等待，春天都没有来。我们和日历的灰烬一样，被封在了雪中。

16

我们在密室为爷爷庆祝了生日。

"日历消失了，自己的生日是什么时候来着？怎么想也想不起来了。您就不必那么费心了。"

爷爷推辞道。不过在我们家，庆祝生日是在我出生以前就一直延续的习惯了。即使记不起日期，但可以确定是在每年樱花星星点点刚开始绽放的季节。这样的日子临近了，这个预感不会错。而且，这是为枯燥乏味的密室生活增添一点乐趣，也算是为了 R 先生着想。

我花了一周时间往返市场，买齐了宴请的材料。正如邻居们所说，每家店铺的商品陈列架都稀稀拉拉，到处都大排长龙，想买点讲究些、品质好的东西越来越难。尽管如此，我还是不愿轻易放弃，走遍了市场的每个角落。

果蔬店门口贴着告示："每天早上九点，计划供应番茄20kg，芦笋15kg。"已经好几个月没看到过番茄和芦笋了。有了这些，我就能做新鲜的蔬菜沙拉。第二天，我提前两个小时跑去那家店，只见门前已经大排长龙。不知道按顺序还轮不轮得到我，我心中实在没底，一遍遍数着前面的人数。终于要到我了，筐底仅剩几个了，而且番茄又小又生，芦笋尖尖也受损了。但是跟花了同样的时间排队却一无所获的人相比，我还是幸运的。

我逛遍了整个果蔬市场，还买到了一束有利于疏通血管的青菜、叫不出名字的干巴巴的菌菇、一把明显带有虫眼的豆子、青红彩椒各三个，还有一棵叶子已经有些枯萎的芹菜。

不过，我把芹菜给了乞讨的老奶奶。

"不好意思，小姐，您纸袋里的绿叶菜莫不是芹菜？可不可以分我一点啊？"

那人口吻卑微地靠过来。

"我走了好远的雪路，磕磕绊绊的，钱包也弄丢了，实在没办法了。这么大的雪啊，上了年纪的人真是难啊。您看，我这篮子里还空荡荡的。"

老奶奶将她用塑料结编成的购物篮伸到我的眼前。里面的确空空如也。当然，我大可装作没看见走过去，可不知为什么，那个购物篮的空洞偏偏刺痛了我，我把芹菜塞进了老奶奶的篮子里。

不管什么时候去市场都是人满为患，店与店之间的空地上满是积雪，掺杂着蔬菜烂叶、鱼鳞、果汁瓶盖以及塑料袋。人们生怕丢掉似的紧紧握住手中的物品，边走边四处打量还能不能买到点其他更好的东西。几乎每家店门口都回荡着笑声和小的争执。

我还有好多要买的东西，烤蛋糕要用的黄油、红酒、佐料、水果罐头、鲜花、蕾丝桌布、新款餐巾……但是有一半都不能买。为了买最重要的礼物，我必须把钱留出来。

我轻松买到了肉和鱼，两位店主都是爷爷的朋友。肉店老板说："帮您留好了品质最好的新鲜鸡肉哦。"他从店里面拿出包好的肉，像赠礼似的打上了蝴蝶结。

鱼店老板让我从桶里的活鱼中挑出喜欢的一尾。我很是纠结了一番，最后选了鳍上带有斑点的约有四十厘米长的一条大鱼。

"小姐您的眼光真好，这条鱼肉质紧实好吃着呢，能钓到这样鱼的日子可是不多。运气好啊。"

说着，鱼店老板把活蹦乱跳的鱼放在砧板上，拿根棒子往鱼头上猛地一敲，敲晕之后手脚麻利地刮掉鱼鳞取出内脏。我把它抱得紧紧地带回了家。

那天，爷爷按照约定时间到达。他穿上了家里仅有的一套西装，系上条纹领带，头发用发蜡打理得有型有款。

"您能来我真是太开心了。来，快请进。"

系着领带的爷爷像是有些紧张，捏着衣角连连致意。

爬下密室梯子的那一刻，爷爷发出惊叹声："这，哇，没想到收拾得这么棒……"

"虽说地方狭小，可装饰一下也还像样，对吧？这是我和R先生一起准备的。"我满怀骄傲地说。

跟生日宴无关的东西一概塞到了架子上，架子和床之间搬来了一张细细长长的折叠式茶几。这样，差不多所有空间都占满了。茶几上摆满蒸腾着热气的饭菜，碗碟间装点着路边采来的野草。桌上是张用旧了的桌布，我们尽可能摆满了碗碟，遮住脏污的地方。餐刀、叉子、玻璃杯、餐巾分别摆成最养眼的样子。

"来，坐吧。爷爷您的位子在这里哦。"

三个人移动到各自的位置可是大费了一番周章。要在狭小的空间里踮起脚尖扶着桌子，当心别碰到饭菜和鲜花，小心翼翼地挪动身体。R先生牵着我的手往里带，最后我和爷爷总算坐到了床上，而R先生坐在了唯一一把椅子上。

红酒由R先生打开。红酒装在伤痕累累的旧玻璃瓶里，看上去宛如浑浊的肥皂水一般。如今买得到的唯有五金店老板在自家后院秘密酿造的搞不清楚品质的红酒。不过，倒到玻璃杯里借着天窗的光亮一看，透出了漂亮的淡粉色，总算让人松了口气。

"那么，让我们干杯吧。"

我们稍一抬手，三只玻璃杯就近在咫尺碰在了一起。

"爷爷，生日快乐!"我和R先生齐声说道。

"祝二位安康!"爷爷加了一句。

"干杯!"我们轻声碰杯。

我们三个人都好久没那么开心过了。R先生比往常话都多些，爷爷笑得眯起了眼，我喝了一口红酒就立刻涨红了脸，惬意。似乎大家都忘了这里是什么地方。尽管如此，当我们偶尔不自觉地大笑时，还是会匆忙彼此会意，用手捂住嘴巴。

光是分鱼就够热闹的。鱼是用酒蒸的，周围点缀上青菜，盛在一只椭圆形的大盘子里。

"做得还不错吧？我手笨，肯定分得乱七八糟。您来代我分吧？"

"不行啊。分主菜可是女主人的活儿。"

"鱼是条好鱼啊。"

"是吗？鳍上有漂亮的斑点来着，可蒸了之后就消失了。"

"鱼脑门儿这里凹下去一块呀。"

"那是鱼店老板拿棒子把鱼敲晕的痕迹。就是因为刚刚还活蹦乱跳，所以味道不可能不鲜美。要是能佐上一些芹菜叶提鲜，一定更鲜美。"

"来，给爷爷多夹点背上细嫩的肉。"

"好，知道了。爷爷，您当心点儿鱼刺。"

"好的，谢谢啦。"

我们话就没个停的，三个人的说话声、餐具碰撞声、倒酒声、压到床的声音无处可逃地全部混杂在一起，充斥在这间密室里。

除了鱼，桌上还有豆腐汤、蔬菜沙拉、黄油煎松茸、鸡肉饭。每一样都简简单单，量也不大。R 先生从口袋里掏出提前备好的细蜡烛，食指和大拇指捏着小心翼翼地插上去。仿佛一个不小心就会瞬间断裂。因为鸡蛋、黄油、牛奶大大低于原本所需的量，蛋糕干巴巴的，没什么弹性。

"关灯咯。"

R 先生用火柴将蜡烛一一点燃，伸长手臂把电灯关掉。四周变暗，我们下意识地凑得更近了。火苗就在眼前，烤得脸颊温乎乎的。

我们的身后是一片黑暗，像是一块把我们三人包裹隐藏起来的布似的柔软的黑暗。外部世界的声音和寒风都钻不进来，只有我们的气息摇曳着蜡烛火苗。

"好，吹蜡烛吧。"我说。

爷爷像是担心蜡烛和蛋糕一并飞到哪里，赶紧轻轻吹掉。

"生日快乐！"

"生日快乐！"

我和 R 先生纷纷拍手。

"这个呀，是个小礼物。还请笑纳。"

趁着 R 先生开灯时，我拿出了藏在床单下的礼物。那是在杂货店找到的包括皂盒、剃刀架和须后粉在内的一套陶制剃须套装。

"哎呀，连礼物都准备了……受之不起啊。"

每当我送什么礼物给爷爷时，他总是像供奉神龛似的双手捧过。

"哇，可真漂亮啊。"

R先生说。

"放在渡轮的洗手台上，每天用起来该多开心啊。"

"当然了，我一定好好用。对了，小姐，这里面的这个蓬蓬软软的到底是什么呢？"

爷爷揪起沾着粉末的粉扑，一脸诧异地看着。

"刮完胡子扑上这个粉，皮肤不会发炎哦。"

我拿粉扑往爷爷下巴上轻轻拍了拍，他紧闭双目，睫毛都要藏进眼睑了，难为情地抿紧嘴唇。

"这就是个让人感觉舒服的东西啊。"

或许是粉扑的触感久久没有消失，爷爷摸了好几次下巴。R先生笑着拔掉了蛋糕上的蜡烛。

"我也有份礼物。"我们三口就把蛋糕吃掉，慢慢啜着每人一杯的红茶时，R先生说。

"啊，这可当不起。您现在处境艰难，还劳您为我这老头子操心。"爷爷诚惶诚恐地说。

"哪里，我也想向爷爷您表达一下感激之情。当然了，我也准备不了什么像样的东西。"

他将椅子转了半圈，从桌子抽屉里取出一个和我烤的蛋糕大小大致相当的木盒。

"喔。"爷爷低呼。我们目不转睛地看着眼前这个盒子。

盒子通体涂着焦茶色颜料，刻着菱形排列组合的几何图形。盒底有四个猫爪一般的小盒腿。合页连接的盒盖正中央嵌着一个蓝色玻璃珠，随着观察角度的不同，发出的光也产生微妙的变化。虽说算不得什么格外引人注目的设计，但这盒子就是令人生出一种想要亲手打开的亲切感。

"这盒子跟我很久了，我用来装些领带夹和袖扣。抱歉不是新的，不过现在去哪家店里找也买不到了，就是这么个盒子。"

说着，R先生打开了盒盖。那一瞬间我有一种错觉，仿佛他的双手发出了温暖的光芒。我和爷爷同时四目相对，深吸一口气。合页翻过来后，盒子里突然发出音乐声。

我不太清楚该不该称其为音乐。盒子里包着一层毛毡，盒盖背面是面镜子，此外再无任何装置。里面既没有唱片在转，也没藏着乐器。然而盒子里就这么流淌出了音乐声。

像是摇篮曲，或者老电影的插曲，抑或是宗教音乐。总感觉妈妈有时也会哼唱，但怎么都记不清了。那音乐跟弦乐、管乐都不同，是我迄今为止从未听过的类型。简单但耐人寻味，低徊却不颓弱。定心倾听，一股俨然每当消失来临时吞没所有事物的内心无底深沼被静静搅动般的感觉油然而生。

"这声音究竟是从什么地方传出来的呢？"爷爷率先开口了。

这一点的确最不可思议。

"是盒子在演奏呀。"

"可这只是个静静放在这里的盒子啊。谁都没去碰，哪里都没动。为什么呢？难道是戏法儿之类的吗？"我问道。

R先生没有说话，只是微微一笑。

音乐节拍渐渐放缓，失去平衡，零落成一个个单独的音符。爷爷不安地侧着脑袋窥视着镜子。终于，旋律收尾，最后一个音戛然而止，密室恢复了原来的静谧。

"是坏了吗？"

爷爷担忧地咕哝。

"没有，没事的。"

R先生把盒子反过来，嘎吱嘎吱嘎吱拧了三圈盒底的发条，旋即又流淌出了较之方才更加清晰有力的音乐声。

"哇……"

我和爷爷异口同声地发出惊叹。

"就像魔术一样啊。这么妙的东西，我真的可以收吗？"

爷爷大概生怕自己的碰触会令魔法消失，他的手徐徐靠近盒子，又哪儿都没碰，重新放回自己膝盖，如此重复了数遍。

"没有魔术那么夸张啦。这是个八音盒。"R先生说。

"八音……"

"……盒？"

我和爷爷分别吐出部分音节。

"嗯，是的。"

"好令人怀念的音节啊。"

"像是珍稀花卉或是什么动物的名字呐。"

为了记住这个词，我们在心中一遍又一遍地重复"八音盒""八音盒"。

"这是利用发条装置来自动演奏音乐的装饰品。想不起来了吗？看到这个，还是什么都回想不起来吗？这个家里应该也有过一两个。博古架上，或是抽屉里，或是梳妆台一角，偶尔兴致来了拧几圈发条，循环流淌出一段令人怀念的旋律。"

我努力想给出一个能令 R 先生心满意足的回答，但任凭再怎样集中精力，眼前看到的都只有一个不可思议的盒子而已。

"也就是说，这是个已经消失的东西吧？"爷爷说。

"对。说来话长，我意识到自己和一般人不一样、什么都不会失去是什么时候来着，我也记不太清了，好像就是八音盒消失的时候。我没跟任何人说起过自己的秘密，本能地觉得应该保持沉默，并且尽可能地藏起消失的事物，无论如何不能这么轻易抛弃。我想用接触事物时的那份触感来品味自己内心的确定，最先藏起来的就是这个八音盒。我拆开运动包的包底，把八音盒缝在了里面。"

R 先生用食指托了托眼镜框，把空掉的蛋糕盘和茶杯摆在盒子周围。

"啊，那么贵重的东西，您没必要送给我的。"

"不。既然是送给爷爷您，我想从我藏起来的东西里选一个是最好的。当然，我并不是要用这种小东西来补偿你们为我冒的桩桩风险，这点我很清楚。我只是想，要是能尽绵薄之力帮忙阻止你们二位内心衰弱就好了。究竟该怎么办呢？我也不知道用什么方法好。就想到了拿来已经消失的东西，让你们感受它的触感、重量、气味和声音，这样或许多少能传递一些正向的作用吧？"

R先生再一次翻转盒子，拧上发条，那段旋律再一次从头开始奏起。镜子里映出爷爷的领带结和我的左耳。

"我们的内心果然还是衰弱了啊。"

我将视线移向R先生。

"我不清楚衰弱这个词是不是恰当，但可以确定的是，事情在朝着某个方向不断发生质变，而且是不易逆转的质变。从我这样立场的人看来，非常担心沿这个方向发展下去最后会变成什么样。"

R先生摆弄着茶杯的把手，一会儿向右，一会儿向左。爷爷依然盯着八音盒。

"最后……吗？"我自言自语。

我从没想过这些。几次尝试用最后、终点、结果这样的字眼揣度心的方向，可总是无法顺利推进。身体浸在内心的无底深沼中，所有感觉都已麻痹，胸闷窒息，根本没办法长时间考虑这个问题。对于爷爷的话，R先生也只是重复着"没关系的"。

"不过，已经消失不见的东西又出现在眼前，总感觉很微妙啊。"

我说。

"这本来应该是不复存在的东西对吗？可我们却能看着盒子的形状，听到音乐声，说出八——音——盒这样的名字。您不觉得不可思议吗？"

"没什么不可思议的。八音盒就在我们面前真真切切地存在，消失之前和之后都在一丝不苟地不停演奏着音乐，忠实地重复着和卷起的发条相同长度的旋律。八音盒的作用一直、一直都是如此，变的不过是大家的心罢了。"

"嗯，我懂。八音盒消失并不是八音盒的错，可也是没办法的事啊。已经消失的东西出现在眼前会严重扰乱心神，就像突然有某种不和谐的硬物投进静谧的池沼。波纹荡起，沼底卷起漩涡，泥沙翻涌而起，所以大家别无选择，只能烧掉已经消失的东西，冲进河流，尽可能让自己远离。"

"听到八音盒的音色让人这么痛苦吗？"

R先生弓起背来，两手交叉放在腿上。

"不，哪儿有什么痛苦的。非常感谢。"

爷爷慌忙说。

"我想那种内心的喧扰有可能是可以习惯的，八音盒的音色适合稳定心神哦。所以，爷爷，每天听一次就好。请在渡轮最里面的房间，别被任何人发现，悄悄拧上发条。慢慢地，您肯定能接受这个音色的。拜托了。"

R先生交叉的双手搭上了额头。

"当然了，我会好好保管的。就放在洗手间的橱柜里吧。那里放着牙粉、牙缸、发胶瓶、香皂这些，多掺进去这么个盒子也不会引人怀疑吧。就在用小姐送我的剃须套装刮胡子时和晚上刷牙时打开盖子听吧。边听音乐边站在洗手台前，也挺有范儿的吧。到这岁数了，还有人为我庆祝生日，我真是个幸运的人呐。"

爷爷满脸都是褶皱，分不清表情在哭还是在笑。我拍了拍爷爷的后背。

"是场圆满的生日宴啊。"

"是啊，我也是第一次参加这么开心的生日宴呢。爷爷，请您收下八音盒吧。"

R先生伸出手，把盒子递到爷爷面前。音符弹到密室墙壁上，回荡在我们三人周围。爷爷唯恐稍微力气大一点就会弄坏盒子搞得一团糟似的，他双手轻轻地关上盖子。合页关闭，音乐戛然而止。

那一瞬间，玄关的门铃尖声响起。

　　我不由得抓紧了爷爷的胳膊，身体僵硬。爷爷一只手护着腿上的八音盒，另一只手抱住我的肩头。R先生纹丝不动，只是盯着上面。

　　这时门铃还在无休止地响着，耳边还传来拳头捶门的声音。

　　"是记忆搜捕。"

　　我低声说。声音在空气中震动，仿佛不是自己的声音。

　　"玄关的锁？"爷爷问。

　　"锁了。"

　　"总要开门吧。"

"就这样假装不在家不是更好吗？"

"不，他们会破门而入的，那样只会增加怀疑。若无其事地请他们进来，任由他们调查。没关系，会顺利的。"

爷爷铿锵有力地说。

"对不住了，要让它在这里避一阵子了。"

说完，爷爷把八音盒放回桌上。R先生默默点点头。

"快，小姐，要快点了。"

我们手握着手，三步并做两步，从床上来到梯子前。

"不用担心。后面我一定会来取回这重要的生日礼物的。"

梯子爬到一半，爷爷对R先生说，后者只管不停点着头。

我们关闭了密室的出入口，祈祷千万不要由我们二人之外的手打开这扇盖板。

"我们是秘密警察。搜查结束之前，禁止触碰家中的任何物品。两个人双手背到身后，严禁交谈。现在开始，一切听从我们的命令。如有不从，立刻逮捕。"

他们总共五六个人。这怕是在各家玄关不知重复过多少遍的台词了吧。其中一人迅速做了告知之后，所有人一拥而入。

外面雪下得很大，附近的人家门前也都停了深绿色的卡车，静夜里飘荡着难以抑制的紧张氛围。

他们的做法一成不变。高效、彻底、系统、无情。厨房、餐厅、客厅、浴室、地下室，搜索持续推进。他们一如既往穿着皮靴和大衣，按照预先分配的任务，有人搬动家具，有人查看墙壁，有人拉开抽屉。靴子上的雪融化后，在地板上留下痕迹。

我们按照指示把手背在身后，站在走廊柱子的后面。他们看似聚精会神在各自的工作范围，却也绝没有放过我们的一举一动，所以不要妄想冒失地交换眼神或是有身体接触。由于急着出密室，爷爷的领带都歪了，他目不转睛地直视着前方。为了让心情镇定下来，我在心中默默回想适才听到的八音盒的旋律。只听了短短的片刻，竟然从头到尾全部记下来了。

"你是谁，为什么出现在这里？"

一个像是头目的男人指着爷爷。

"我是负责为这个房子打理杂务的人，这家当我是自家亲戚一样由着我进进出出。"

爷爷歇了口气，镇定地应答。那个男人从脑袋到脚尖把爷爷看了个遍后，重新投入搜查。

"水槽是脏的，正在做饭?"

搜查厨房的男人望向这边说。

那里堆着准备生日宴时用的汤锅、平底锅、碗、打泡器。作为一个单身女性生活的厨房而言，的确过于脏乱了。而且，我们还没来得及收拾饭后的密室，所以水槽里一个用脏的餐具都没有，餐桌上也没有用餐的痕迹留下。秘密警察有没有发觉这些不自然的地方呢? 我心中低徊的旋律渐渐加速。

"是的。"

本想声音干脆地回答，谁知只吐出一丝微弱的气息。爷爷朝我挪近了半步。

"我们做了一个星期分量的饭菜，放冰箱冻起来。"

想着脑海里经常浮现的这些瞎话，我加了一句。对，如果水槽里有三人份的餐具，才会格外引起怀疑。所以不用瑟瑟发抖，应该庆幸才对，我对自己说。

男人拿起煮青菜的锅和搅拌蛋糕原材料的碗瞥了一眼后，离开水槽，转去搜查收纳柜。我松了一口气，咽下唾液。

"接下来去二楼。"

头目发出信号，他们快速集合排成一列，登上楼梯。我们也跟在后面。

这些骚动和脚步声都传到他的耳朵里了吧？我在想。他或许想着身体缩得越小越安全，就弓起了身子，抱着两膝吧。椅子和床被压到会发出声音，所以他应该是坐在地板上。为了不让气息外泄，他肯定大气都不敢喘，旁边还有八音盒守护着他。

房间就那么有数的几间，对二楼的搜查越发细致。他们粗暴的动静更大了，时而拿起什么对着电灯照着看看，时而摸摸固定武器用的金属部件，总感觉他们的一举一动无不透漏出重要信息，我的心提到了嗓子眼。

我们靠在北边走廊的窗前，背在身后的双手逐渐放松。窗下的小河融入黑夜，看不清流动。附近人家貌似也都处在记忆搜捕之中，房子里灯火通明。爷爷轻声咳了一声。

房门半开，从缝隙里可以看到工作室里的情形。一个人把书箱里的书统统翻出来，用手电筒照着箱子背板和箱壁之间。一个人掀起床上的床垫，揭掉床单。一个人在扫视塞在写字台抽屉里的手稿。大概是穿了剪裁得当的毛料长款外套的关系，他们看上去都魁梧雄壮。看所有事物都呈现一种自上而下的威慑感。

"这是什么？"

抓着一叠稿纸的男人问。对写字台怀有兴趣可是不妙，因为字典后面藏着话筒。

"是小说。"

我对着门缝回答。

"小说？"

男人语带轻蔑地说着，哼了一声，把稿子扔到地板上。稿纸纷纷扬扬散落一地。或许他有生以来从没看过小说，他这种人到死也不会去读吧。那样更好，他对稿子失去兴趣的同时，也从字典旁边走开了。

许多靴子踩在地毯上。那些靴子用鞋油擦得锃亮，沉甸甸的，穿脱都颇费功夫。这时，我发现一件要紧事，地毯有那么小小的一角卷了起来。

最后合上出入口的板子盖上地毯的是我。虽说事出紧急，但怎么都该严丝合缝复归原位的。假使他们发觉卷角，掀起一看，通往密室的道路当下就会出现在眼前。

我的目光已经无法离开那个卷角。尽管明白这样反而更有引发他们怀疑的风险，可我就是挪不开眼睛。爷爷也发现了吧？我朝旁边瞄了一眼。爷爷仿佛能看穿黑夜一般，心无旁骛地定定地看着远方。

靴子数次在卷了角的地毯上走来走去。卷角约有四五厘米，通常来说不会引起注意，但现在我的眼前只聚焦于这一点，充斥了我的视野。尽管只有几厘米，可从地板上翘起的状态恰恰是适合用大拇指和食指揪住掀起来的形状。

"这是什么？"

一个秘密警察忽然发问。难道是发现地毯的问题了？我随即下意识地双手捂住嘴巴。

"这是怎么回事？"

男人大踏步逼近，我用发条耗尽时的气力哼起八音盒的旋律，因为如果不这么做，我一定会发出悲鸣。

"双手放在身后。"

男人发出震耳欲聋的命令。我握紧颤抖的双手，缓缓背回了身后。

"为什么会留着这东西？"

男人把一个小小的四四方方的东西伸到我眼前。我眨了眨眼睛一看，那是放在手袋里的手账。

"没什么复杂的理由。"

八音盒的音乐中断了，我答道。

"只是忘记了，因为几乎不用……"

男人质问的是手账的问题，应该没有留意到地毯，我对自己说。那个手账不是问题，上面没写什么要紧的东西，顶多就是洗衣晾晒的日子、镇上清理水沟的日子、跟牙医的预约这些。

"日历已经消失了，我们也就不需要星期和日期了。留着已经消失的东西会怎样，你应该很清楚。"

男人哗啦哗啦翻动着手账，看起来对其中的内容了无兴趣。

"这种东西必须尽早处置。"

说罢，男人从口袋里掏出打火机，点着手账，从北边窗户扔进了河里。我从男人的两脚之间看到了地毯。手账像烟花一样四散着火星在空中回旋，最终被河水卷走。火星画出的曲线并未马上消失，而是残留在黑暗中。远处传来东西掉落水中短促的声响。

宛如一开始就决定以手账掉落声为信号一般，头目模样的男人在那个瞬间喊出："停!"秘密警察迅速离场，他们集合排成一列，下了楼梯。招呼也不打一个，橱柜、抽屉也不复位，只听得他们腰里别着的武器发出咔嚓咔嚓声，出了玄关离开了。我再也无力支撑，歪在了爷爷胸前。

"已经没事了啊。"

爷爷微笑着小声说。地毯的卷角默默目送他们离去。

到了外面，结束记忆搜捕的秘密警察陆续钻进卡车，拉上车篷。邻近的人们也都在门柱后窥探着这幅场景。雪打在脸颊、脖颈和指甲上，冰冰凉凉，却感觉不出寒冷。或许是身体里依然残留着紧张和恐惧的关系，没有余力去感受寒冷。

卡车的顶灯和街灯与雪一起照亮黑暗。这么多人聚集在一起，四周却被静寂包围，耳边唯有雪花和深夜的空气碰触的声音。

这时，东边的邻居房子里走出三个身影。看不清他们的表情，三个人都弓着背，虚脱无力地踩在雪地上。他们身后，秘密警察催促着，警察的武器闪出寒光。

"完全没发觉啊。那栋房子里还藏了人。"

前帽子匠人叔叔自言自语道。

"好像是援助那种人的秘密组织，夫妻俩都参与了活动。"

"原来他们不和邻里打交道是因为这个啊。"

"瞧，还只是个孩子啊。"

"可怜……"

我断断续续听到大家的窃窃私语。

我和爷爷手握着手，默默目视着他们被押进带篷子的卡车。确实，被夫妻二人怀抱着似的夹在中间的，是位十五六岁的少年。少年身形结实，然而带着流苏的毛线围巾还是透出了孩子气。

车篷落下，卡车排成一列开走了。附近的人们也都返回自己家中。只有我和爷爷还紧握着手，久久地注视着黑暗深处。隔壁落单了的小狗在雪中蹭着脸，鼻子里发出呜呜声。

那天夜里，我在密室哭了。如此长时间不间断的流泪在我有生以来是第一次。他最终安然无恙，我本该高兴才是，可不知道为什么，我的感情不受控地被引向了意想不到的方向。

然而，我并不太清楚用"哭"这个词是否妥当，我绝不是因为悲痛，也并非紧张缓解后的释然，只是把他藏匿起来之后一直以来郁结在胸的种种情绪以眼泪的形式流出来了，完全无法自抑。即使我对自己说，就算咬紧牙关，也不能让他看到我这失态的样子，可他再怎么柔声相劝也无济于事，于是只能静静地蹲在泪流满面的我身边。

"过去从没想到密室空间狭小这件事如此可贵。"

趴在床上的我说。

"为什么?"

他坐在旁边,大概是想要稍微安抚一下我的情绪,摸摸我的头发,抚抚我的后背。

"因为,越是狭小越能近距离感受彼此。就像今天这样必须独自一人度过的夜晚,这种狭小能给予我安全感啊。"

脸颊蹭到的床单温暖潮湿。生日宴用的折叠桌和碗盘都收了起来,房间恢复原样。只有蛋糕淡淡的香甜气留在空气中。

"喜欢的话,只管待在这儿好了。一个晚上总不会来两次记忆搜捕吧。"

他侧过身来,望着我说。

"对不起。本来应该我来安慰你的。"

"别这么说。对你来说是百倍于我的恐怖回忆,我只是老老实实待在这里而已。"

"秘密警察反反复复在密室上面走来走去来着,你都听到他们的脚步声了吧?"

"嗯。"他点点头。

"地毯的一角略微有点卷起来。我和爷爷一起出去时太慌了，没严密地做好复位，要是被发现就完蛋了，卷起来的样子恰恰就是让人想要揭开地毯往下看的状态。这样一张微不足道的地毯关联着一个人的命运，太过残酷了。我甚至有股冲动，想要不管不顾地冲过去踩住那块地方。过去踩踩踩，让地毯展平紧贴地板，但这自然是没办法实现的。我只能提心吊胆，惊出一身汗来。"

说这些时，我依然在不停流泪。都哭成这副样子了，怎么还喋喋不休，也是不可思议。情感、眼泪和语言在我无法触及的地方各自为政，喷涌而出。

"我都不知道，让您想了这么多……"

他的视线落在了脚边的电暖炉上。

"不不，我不是在责怪您呀，不是因为这么丢人的理由而哭的，请您相信我。我要是害怕记忆搜捕，从一开始就不会把您藏起来了。可我为什么哭呢？我也不知道。自己没办法说清楚，所以也没法停下来。"

我从床单上抬起头来，捋起落在额前的头发。

"说不清楚的就不必勉强。就算没有这个事，您和爷爷也为了我费尽了心思。在这儿的时候，您可以随意些，怎么想就怎么做好了。"

"或许我哭成这样正是证明我的内心已经衰弱到无法自救的地步了啊。"

"不会的，恰恰相反。人的内心总在竭尽全力地显示自我的存在。即使再多种类的记忆被秘密警察夺去，心也不会归零。"

"是吗……"

我看着 R 先生，身体微微前倾，和他之间触手可及。他抬起手来，拭去我眼角的泪，指尖温热。我滴落的眼泪到了他的指甲上，他就这样揽着我。

夜晚恢复了宁静。方才玄关门铃大作、乱哄哄的脚步声粗暴地踏在上方就像没有发生过一样，现在只有他的心跳声透过毛衣传递过来。

他并没用力，就像包覆什么柔软的东西似的，双手环在我的背上。我终于能够止住哭泣。去市场采购、断气的鱼、插在蛋糕上的烛火、八音盒，还有烧掉的手账，一切的一切恍如隔世。只有眼下的时间不会流逝到任何地方，而是长长久久地在我们二人周围卷起漩涡。

"这份心跳的另一边充满了许许多多我已经丢失的记忆吗？"

我的脸颊靠在他胸前思考着。可以的话，真想把它们一个个全都取出来，摆在眼前。他心中的记忆一定是指尖轻轻一碰，就鲜翠欲滴地呼吸着的，而我仅存的记忆只有被波涛吞噬的枯萎花瓣和积在燃烧炉底的灰，完全没法儿比。

我闭上眼睛。睫毛和毛衣上的线相互摩擦。

"东边的邻居啊，被押上带篷的卡车带走了。"

我低声说。

"藏匿的对象还只是个天真烂漫的少年啊。都不知道是从什么时候开始藏起来的，完全没注意到近在眼前的地方还有跟你一样潜藏起来的人。"

"那个少年会被带到什么地方去呢？"

他的声音被我的头发吸了进去。

"我也很想知道。所以直到卡车车灯都看不到了，我还凝望着车开走后的那片黑暗。没穿外套，没戴手套，落了一脸的雪也顾不上，就一动不动地站在那里，站了很久，好像看着看着就能看出记忆去到的地方似的。"

他抓着我的双肩，二人之间拉开一点距离，他的视线滑向远方。

"可是啊，待得再久也什么都没看到。"

我本想这么说来着，却被他用手堵住了嘴，没能说出口。

不知道我究竟被关在钟楼里过了几天，无从判断。

当然，因为这里有一座巨大的钟，想知道时总能知道时间。钟每天两次——上午十一点和下午五点敲响。最开始，每当清晨到来时，我就在椅子腿上用指甲划一道来计算日子，但现在已经云里雾里。椅子原本就已伤痕累累，渐渐地，哪条是我划的也分辨不出了。

今天是几月几日星期几，这些都无所谓了，只有一天天在反复冷漠地流逝。可是，如今的我被无数的声音尸体所困，被他的设计所囚，或许知道这些已经足够，知道日期、星期几也没有任何意义了。

起初我只能看到打字机和钟的机械部件，过了一段时间，我也留意到了这个房间里的细节。

西边墙壁正中间那一带的打字机小山出奇地低。翻越那里有扇门，对面是个简陋的洗手台和卫生间。水龙头上方还有扇小小的窗户。我时常爬上洗手台，打开窗户眺望外面的景色，能看到家家户户的房顶、农田、细小的河流和公园。镇上最高的建筑就是这个钟楼，所以在我之上没有其他任何东西，只有辽阔的天空。就这样偶尔呼吸一下外面的空气，总能令人心生惬意。不过，洗手台似乎不足以支撑我的体重，瓷盆和瓷砖的接缝处出现了裂痕，有些漏水。

还有一个发现，在桌子抽屉里的东西。话虽如此，倒不是说发现了里面有类似于撬门锁用的锤子之类的特别惹眼的东西，而只是九连环、图钉、薄荷膏、空巧克力罐、香烟、牙签、贝壳、指套、体温计、眼镜盒……诸如此类，却也聊胜于无，为我的生活增添了些许色彩。

我试着想象这些物品历经了怎样的轨迹辗转来到这里。在钟表还没实现自动化的过去，这间屋里肯定住着守钟人爷爷，他的工作就是拧上发条，上上油，一到固定时间便敲响钟声，闲暇时或许给教会帮帮忙。一位孤苦无依、沉默寡言、一丝不苟的老爷爷。香烟和眼镜盒恐怕就是他的物件吧。香烟还剩了几支，香味几乎散尽了。包装近来没怎么见过，设计比较陈旧。眼镜盒是布质的，已经破烂不堪。老爷爷会不会是在这个房间里去世的呢？

或者，我自己玩九连环。什么都不考虑，盯着银色的圆环消磨时间。无论怎样，手指接触到九连环这个动作就能让精神状态得以健全。假如想起被拿走打字机时手指的惶惑不安，九连环也无法成为诉苦对象，但我可以记得手指和连环相连的感觉，因此解环的时间越来越短也是让我烦恼的一个点。

薄荷膏也是有效的。往太阳穴、人中、后颈涂一涂，闻到冲鼻子的气味，整个人都会精神起来。那种感觉不是兴奋，而是似乎一部分神经被千锤百炼般，一股凉飕飕的风从体内穿堂而过，持续数十分钟，直至薄荷膏挥发完毕。这管薄荷膏已经没了一半，我每次都不舍得浪费，只挤一点点。

另一个令我对这个房间印象改观的是一张床，是他运进来的。这是张简易折叠沙发床，不过经过钟楼狭窄曲折的楼梯运上来应该相当费劲。他把沙发床抱进来时，身体埋在垫子里几乎都看不见了，床腿被拖拽得掉了漆，染红了他的手掌心，他的肩膀一高一低，额头冒着汗。他极少以疲惫的神情示人，因此我不禁有些疑惑。他无时无刻不在控制自己，服装、头发、手指的动作方式、使用的语言，全都凭借自己的意志一手掌控，让人看到流汗显然非他所愿。

尽管如此，运来沙发床还是有其价值的，在这张床上，他对我做了各种事。

在这里，钟声比在镇上听到时更加惊悚，声声逼迫着我。因为钟近在咫尺，所以也是自然。每当十一点和五点临近，我都蜷缩在房间一角，把头埋在两膝之间。闭上眼睛，屏住呼吸。尽可能屏蔽感官，是不是冲击也能小一些呢？然而我也被迫了解到，当最后一秒钟咔嚓一动，钟摆左右摇摆时，那微不足道的抵抗就丧失了所有意义。

钟声在天花板上弥漫，撞击墙壁，震动地板，久久不曾散去，将整个房间埋葬。钟声像海浪般紧紧包覆了我，我企图摆脱它，晃动身体，却无济于事。

我刚被带来这里时，每当五点的钟声响起，我甚至有种错觉，误以为是打字机齐声大放悲鸣，听上去就像被封闭在打字机里的声音在哭泣哀嚎。事实上，假如这里的按键全都一起打起字来，发出的骇人声音只怕也不输钟声。

　　现在我也分不清哪台是我的打字机了。起初杠杆还闪烁着金属的光泽，外壳光洁，保有崭新的面貌，可渐渐地，灰尘堆积，色彩黯淡，它和其他机器没什么区别了，已然湮没在打字机山中。

　　难道真如他所言，这里的一台台打字机当真分别封印着一个个人的声音吗？如果声音和肉体一样也会衰亡，那么被碾压在打字机山下的东西或许都已几近气绝干枯。

　　有时我忍不住想，我的声音怎么样了呢？却愕然发觉已经想不起来了。明明一直以来能听到自己声音的时间数倍于丢失声音的时间，从没想到竟然如此轻易就忘掉了。

　　回头想想这个世间的事情，原以为毫无疑问归己所有的东西，实际上或许会断然决然地离开自己。身体七零八落，跟别人的混在一起，即使说"来，找找我的左眼球吧"，也未必找得到，二者道理相同。此刻我的声音就悄无声息地蜷缩在打字机深处的杠杆间隙吧。

　　他随心所欲地待我，名副其实的"随心所欲"。

　　食物由他送来，好像是在打字教室后面那个茶水间做的。

不算丰盛，倒也像模像样，多数是炖菜、焗饭、杂煮这些黏黏糊糊的料理。

他把碗碟放在桌上，和我面对面坐下，一只手托着下巴，定定地盯着我。他什么都不往嘴里放，吃东西的只有我一个。

时至今日，我仍然无法适应这样的用餐方式。没有音乐，没有欢笑，没有对话，他的视线须臾不曾离开，一饮一食时刻处在他的监视之下，着实费神。我毫无食欲，眼前浮现出嚼碎的食物从喉头落下，勾连在肋骨周边，磕磕碰碰辗转到达胃部的景象。虽然多半都已经吃腻，我还是勉强自己全部吃下，因为假如不这样做，我不知道残余的食物又会被他搭上什么东西端过来。

"嘴唇沾上酱汁了哦。"

有时，他会这样搭话。我慌忙舔舔嘴唇。这里没有餐巾，只能如此。

"再右一点哦。"

他说。

"再上。"

这样，他支使着我从一边到另一边把嘴唇舔个遍。

"好，请继续用餐吧。"

他姿态优雅，犹如高档餐厅的侍者。我又把面包揪成小块，慢吞吞地切开肉食，喝口水，间隙里抬眼仰视一下他的样子。

晚上，他除去我的所有衣物，让我站在灯光正下方，用热水擦拭我的身体。用桶运送过来的开水很烫，水蒸气在房间里氤氲弥漫，经久不散，在此期间，他一直耐心细致地擦拭着我的身体，那手法就像擦亮他的秒表一般。

我惊讶于人的身体竟然由如此之多的部位组合而成，仿佛这项工作永远不会完成。眼睑、发根、耳后、锁骨、腋下、乳头、腰窝、大腿、腿肚、指缝……任何一个细小部位他都绝不马虎。不见疲惫，没有流汗，甚至表情也始终如初，他触遍我的每一寸肌肤。

结束之后穿哪件衣服，自然也是由他决定。大体都是在任何一家服装店都没见过的奇装异服，能否称之为衣服都是个问题。

首先，从材质来看就奇奇怪怪，它们由塑料、纸张、金属、树叶、果皮等制成。手脚重一点就会立刻从身上脱落，或是伤到皮肤，或是箍住胸口，因此必须小心翼翼地慢慢套上身。

有一天，他告诉我，那些衣服都是他自己亲手制作的。先是有想法浮上脑海，继而在素描簿上画出设计稿，带着纸样四处搜罗材料。那时，我有了难以言说、不合常理的感想：制作服装的他的指尖想必很美吧。想象他的手指穿针引线，用剪刀裁切果皮的样子，跟想象他打字的姿势同样迷人。

为了把身体装进奇形怪状的衣服，我缩起肩膀，蜷起腿脚，弓起腰背，绞尽脑汁。他在旁边看着这样的我，心满意足地笑着。彻底冷掉的桶里的热水映照着天花板的光亮。到了早上，衣服就像用旧的抹布一样团成一团，滚落在地板上。

在没有声音的场所日复一日和他相处的日常生活让人精神紧张。和被幽禁相比，不能出声更加紧紧束缚着我。如他所说，夺去声音和撕裂肉体相同。

有时，他用冷静的眼神看着我，问："想出声吗?"

我用力摇头，因为我知道，点头也无济于事。相较之下，摇头反而是略微能够安抚神经的运动。

近来，我感觉自己的肉体渐渐远离心灵，头、双手、乳头、胴体、双脚，似乎都飘去了我够不到的地方，我只能眼睁睁看着他玩弄着这些身体部位。这也跟失去声音有关，连接肉体和心灵的声音消失了，我的感受和意志也无法形成语言了。渐渐地，我也变得七零八落了。

我不是没有想过是否有可能逃离这里。他打开门的瞬间就撞过去冲下楼梯，用打字机敲打地板，通知教室里的学生，拆开打字机，把零部件从窗口扔下去……但哪种方法都指望不上。而且，真让我去到外面的世界，我还是否能够让七零八落的自己复位呢？

他在打字教室授课时，我就从钟背后窥看外面的景象。教会的庭院打理到位，常年遍地花开。许多人聚集在这里，有的在树荫下聊天，有的坐在凳子上看书，孩子们打羽毛球，打字班的学生骑着自行车穿行而过。偶尔有人抬头仰望钟楼确认时间，当然，没人注意到我。

侧耳倾听，可以听得到他们的说话声，但听不出谈论的具体内容。一开始我以为是距离过远，声音传达不到这里的关系，然而事实并非如此，其实只是我无法理解他们的语言。

有一天，我看到他在院子里跟学生们谈笑风生。远远看去，他既睿智理性又风度翩翩，让环绕着他的学生们胸口小鹿乱撞。了解他在钟楼顶层如何变态的，只有我一人。

"不管多想看，都绝对不能看键盘啊。这是进步的最大诀窍。按键不是用眼睛去看的，而是用手指去摸索的。"

似乎是在说打字，他的声音听得一清二楚。声音乘着风，从键盘的间隙径直传到我的耳中。之后，一位戴着摇摇曳曳的耳坠的短发女学生对他说："……"

我的确听到了声音，却不懂什么意思。就像声音乘着风，穿过钟楼，被吸入了空气中。

"抛弃眼睛，用手指触碰打字机就好。按键的位置，当然还有杠杆的形状、墨辕的粗细，所有的轮廓全都靠手指记下来。"

他说的话跟往日教我时一样，一字一句都听得清。

"……"

"……"

"……"

几位女学生轮流开口，但是我没有一个词听得懂意思。

"从今天的课开始，谁在班上看了键盘，我可要罚了。"他说。

"……"

还是同样，我听不到学生的话。

"好，那么，就从明天开始吧。"

他拍拍手。她们齐齐后仰，飘过来一些分不清是哀号还是欢笑的声音。

这时我才彻底明白，我已经只能听懂他的话了。对我而言，除他以外的世界的语言听起来无异于没有调好音律的乐器胡乱发出的声响。

这就是我自身的存在正在退化的证据吧。机械室里非必要的东西正在逐渐消失殆尽，这样下去，或许我也会被这个场所吞噬吧。

事到如今，即使我能出逃，大概也为时已晚了吧。因为我的退化已经进行到一定程度。如果我从这里踏出外界一步，最终可能会被挫骨扬灰。

现在能够维持我的存在的只有他，只有他的手指。所以，我今晚也会等待着他的脚步声登上钟楼……

自从记忆搜捕之夜以来，我再没踏进密室半步。和往常一样，传递食物和水时会和他碰面，但也只是在梯子上下闲聊两三句无关痛痒的内容。我搜肠刮肚地尝试想出爬下梯子但不显刻意的理由，结果却一个也说不出口就关上了盖板。

R先生似乎对记忆搜捕的冲击后知后觉，影响一点点显现出来。他的笑容淡了，饭菜剩得也多了。大概是那天晚上我太过慌乱，他错失了释放自己情绪的机会。到了现在，他掩饰起来的痛才开始发作。关闭盖板时，我中间停了一下，心想或许他还有话没说完。我顶着沉重的板子往下面瞧了瞧，然而他只是背对着我，一言不发地坐在桌前，或是钻进被窝。

想到他打开插销撑起盖板，从地毯下面探出身子来看我的可能性为零，我顿感无味。我想，这固然有他所在的处境的因素，但我再怎么说服自己，也摆脱不了或许他就是不想见我这个想法。

那晚的情况越是在脑海里反复回放，一件件一桩桩发生过的事越是变得脱离现实。各种料理、蛋糕、锅、礼物、红酒、靴子、燃烧的手账、翻卷的地毯、三个身影、带篷卡车、眼泪……难以想象这些东西在一夜之间全都降临到我的头上。正因为这样，为了平安度过那个风雨如晦的夜晚，除了和他彼此相拥外别无他法。我们为了彼此守护，只能躲进那唯一残存的避难所。我这样安慰自己道。

我夹着当天写下的书稿，从字典后面拿出话筒放到耳边。一开始什么都没听到，但当我耐心地竖起耳朵倾听之际，密室里的轻微声响慢慢通过管线传了过来。

首先是倒水的声音，然后是他的咳嗽声、揉搓布声和换气扇的电机声。我重新握起漏斗，按在耳朵上贴得更紧了。

他在洗身体。傍晚时分，我跟往日一样给他递洗脸盆、一壶开水、塑料布和毛巾时，他说："啊，今天是洗澡的日子啊。我都忘了。"

"没办法让您洗个像样的澡，对不起啊。"

我在梯子的扶手上轻轻敲了敲盆底。

"就算日历消失了，您还记着我，没忘记我的这些日程啊。"

他双手抱着这一套东西，这样说。

水声像在低语似的，断断续续传过来。他是怎样洗身体的，我自然从来没有见过，这样手拿着漏斗，他的动作就像从耳边传来一般。

首先，为防弄湿地板要铺上塑料布，他赤身裸体盘腿坐在上面，脱下的衣服摆在床上。趁着盆里的水还没冷，麻利地拧好毛巾，从头到后背、肩膀、前胸、双手擦一遍，毛巾干掉再浸到热水里。长期远离外部空气的皮肤发青发白，用力擦过后，随即留下毛巾针脚的痕迹。他面无表情地默默移动双手，滴落的水滴在塑料布上折射着光线……

我正确临摹出了他的身体轮廓，也想象出了他的每一寸肌肉如何动，关节弯曲成怎样的角度，血管以怎样的样态透出皮肤。即便从漏斗里听到的感觉不足以信赖，但是从鼓膜传导成记忆的过程中，我的感受越来越鲜明清晰。

窗帘缝隙里难得看到星星，覆盖全镇的雪也只有趁夜才能填满黑暗，风偶尔吹响窗玻璃。我将直胶管扭折的地方，漏斗在手中变得温热。我用镇纸压住桌上的文稿，摞得整整齐齐。那是我可以光明正大下到密室的唯一门票。

往盆里倒满开水的声音听上去又细又长。

　　距离爷爷的生日会过去了几周时间。中间发生了几件小事，跟记忆搜捕比起来都不值一提。

　　第一件是从某天傍晚散步途中偶遇农户老奶奶开始的。老奶奶在路边铺开席子卖菜，虽说品种不多，但价格比市场里的果蔬店要便宜些，所以我开开心心地买了满满一袋子卷心菜、豆芽和青椒。付钱时，老奶奶出乎意料地凑过脸来窃窃私语说："您知道哪里有安全的密室吗？"

　　我一惊，零钱差点掉落，心想是不是自己听错了，又跟她确认了一遍："啊？"

　　"我在找人把我藏起来。"

老奶奶没往我这边看，她一边把钱放进挂在腰间的钱袋子，一边斩钉截铁地这么说。我四下里看了看，除了对面公园里有几个孩子在玩耍之外，别无其他人的踪影。

　　"是被秘密警察追踪了吗？"

　　买东西的间隙，我假装闲聊的样子问。老奶奶再也没提一句，或许不想多说什么了吧。

　　我重新打量老奶奶。她身形结实，衣着寒酸，拆了旧衣物重新缝制的裤子皱皱巴巴，肩上搭着的围巾满是毛球，鞋子前头通了洞。眼角粘满了眼屎，手上全是冻疮，又红又肿，眼角堆满了皱纹。再怎么多加留意，都不是什么有记忆点的面容。

　　既然如此，她为什么要向一个素不相识的人打听这么要紧的事呢？我的大脑一片混乱。假如我跟秘密警察告了密，她打算怎么办呢？实在走投无路了吗？要是那样的话，就算不能告诉她密室所在，也想多多少少帮帮她。可是，我也有些顾虑这是秘密警察的圈套。他们会故意做出博人同情的样子，跟买东西的客人打听密室的秘密，这的确是他们使得出的肮脏手段。不，难不成，这老奶奶知道我家里有密室的事？所以也想让我帮忙，才来抓住救命稻草……？不过这种可能性很低。我还是不能泄露我们的秘密，绝不能让秘密警察察觉。

那一瞬间，种种考量在脑海里转了一遍，最终脱口而出的只有短短一句："帮不到您。"

我把蔬菜袋子紧紧抱在胸前。老奶奶没再说什么，表情跟之前一样，系在腰间的袋子里的钱叮当响着摆弄着摊子上的蔬菜。

"对不起。"

说完，我一路小跑离开了老奶奶的摊子。

之后，每当想起那双红肿的双手，我的胸口都隐隐作痛，然而在那个当下，也只能这么做。如若草率行动，首先危及的是 R 先生的安全。尽管如此，我还是对老奶奶的事念念不忘，每天散步途中都走去相同的地方，有时买菜，有时默默经过。老奶奶还是一如往常地摆着为数不多的蔬菜售卖，即使看到我，也没有任何反应，也再没问过密室的事，问过那么事关重大的问题，却像是把我忘得一干二净了似的。

过了一周左右，忽然不见了老奶奶的踪影。没办法确认她是菜卖光了，换了卖菜的地方，找到了密室，还是遭遇了记忆搜捕。

还有一件事，就是我让对面的前帽子匠人叔叔夫妇在家里住了一晚。他们把家里墙壁全部重新粉刷了，油漆散味需要一天，向我提出想要借宿一晚。

当然了，我提供给他们用的是一楼的一间日式房间——一间远离密室的房间。虽然只有一天，但为了避免叔叔夫妇发觉，我和 R 先生都必须打起十二分的精神，因为寻找借口拒绝叔叔夫妇更加困难。

"等到油漆干掉总要个一两天，这么冷的天，也没法开窗睡觉，给您添麻烦了，真是不好意思。"叔叔说。

"您别客气。反正我家本来就空着很多房间。"

我尽可能笑得不那么僵硬。

那天，我早早起来，在叔叔他们到来之前备足了三明治和红茶，运送到密室。

"今天一日三餐就用这个将就一下吧。"

我这么说，R 先生默默点点头。他也多少有些紧张。

"拜托拜托，千万别发出脚步声啊。还有，也别冲卫生间的水哦。"

我唠叨着重复相同的台词，小心谨慎地关上了这扇到明天之前不能再打开的盖板。

叔叔夫妇都是大而化之比较不拘小节的人，并没有在家里四处张望或者打听各种隐私。白天，阿姨窝在房间里织毛衣，叔叔下班回来后，我们三个人一起吃晚饭，一起看会儿电视聊聊天，九点过后，他们两个人就钻被窝了。

在此期间，我的神经一直紧绷，注意着二楼的动静。只要有一丁点儿声响，哪怕是跟 R 先生无关的海浪声、汽车喇叭声或风声，我都提心吊胆，小心观察着他们二人的表情。然而，他们似乎没有任何怀疑。他们怎么也想不到，就在这个天花板的缝隙间还有另一个人在屏住呼吸吧。有时甚至连我也陷入一种错觉：那间密室是不是梦中出现的虚幻场所？

第二天，油漆正常干掉了，他们返回了自己家中。我收到了他们作为回礼送来的一袋面粉、一个油炸沙丁鱼罐头和一把叔叔亲手制作的牢固的黑伞。

还有件也算不上什么的事情，我有时会回去喂喂东边隔壁那家落下的小狗。记忆搜捕的第二天，秘密警察坐着卡车过来，把家当一扫而空运走了，不知道为什么，唯独放过了小狗。我拿些剩菜或牛奶放到墙根喂喂它，在一旁看了一会儿，不像有人来抱走的样子，就跟镇长商量之后，把它带回了家。

爷爷帮忙把小狗的窝挪到了院子里，打了一根拴锁链用的桩子，又从隔壁拿来了打翻在雪地里的盛放狗粮的铝盘。狗窝的屋檐上用马克笔写着"Don"，于是我也决定唤它"Don"。我也不是十分清楚究竟是唐璜（Don Juan）的 Don 还是堂吉诃德（Don Quixote）的 Don，它是只安安静静、很好养的小狗，很快就适应了我和爷爷。它的身上有茶色的斑点，是杂交品种，左边耳朵尖那儿有些许弯折。明明是条小狗，却喜欢吃白肉鱼，习惯舔锁链环环相扣的地方。

我白天又多了一项任务，就是在中午最暖和的时候带着它去散步。晚上有些冷，我用一块旧布料给它在玄关一角做了个小床。我心想，没能为它原来的主人那对夫妇、被藏匿的少年、乾氏一家和他家的猫咪小冰做什么，我一定要照顾好 Don。

这样风平浪静地过了几个星期后，消失再度降临。我本以为自己已经习惯了这些，没想到这次没那么简单。小说消失了。

一如往常，消失在清晨到来，而且进展缓慢。整个上午的时间里，镇上没有特别的改变。

"我们家一本小说都没有啊，倒是轻松了。可您家就有点困难了吧，您本人就是写小说的。如果有需要帮忙的，随时讲一声啊，书这物件挺重的。"

我正在家门前的路上打量四周时，前帽子匠人叔叔跟我打招呼道。

"嗯，谢谢您。"

我有气无力地回答。

当然了，R先生是大力反对消灭小说的。

"你把家里的书全都拿到下面来。你正在写的书稿当然也别漏了。"他说。

"那样的话，这个房间要被书给埋住了啊，你都没地方住了。"我摇了摇头。

"我住的地方只要有个容身之处就足够了。把书都藏在这里，就不用担心被发现了。"

"可这样做的后果呢？囤积藏匿已经消失的书籍要承担什么责任呢？"

他按着太阳穴，叹了口气。每当我们讨论消失这个话题时总是这样。无论怎么试图理解对方所说的话，两个人的心都无法交融，哪怕是一个小小的交点也没有，越说越孤寂。

"您可是写小说的人呐。应该非常清楚这样做到底有没有用。"

"嗯，的确如此，直到昨天也还是。可是已经于事无补了，心越来越衰弱了。"

我用了"衰弱"这个词，小心地发出每个音节，宛如递出一件极易损坏的物品。

"失去小说我也很心痛啊。感觉像是连接您和我之间的重要纽带被拆除了。"

我注视着他。

"绝不能烧掉手稿。您只要继续写小说，这样纽带就不会被拆除。"他说。

"做不到啊，小说已经消失了。就算留下手稿和书，也不过是个空壳而已，里面空空如也。我还能写些什么呢?"

"不要着急，慢慢想想，自己是从哪里、怎样搜寻语言的，就沿着这个思路。"

"我没这个自信啊。甚至在这个过程中，就已经开始渐渐难以发出 xiǎo shuō 这个词语的发音了，这就是消失不断渗透的证据。慢慢忘掉一切，不可能再记起了。"

我低着头，手指插进发丝中间。他想要从下面瞧瞧似的弯下腰来，双手放在我的膝盖上。

"不，没关系的。您可能在想，每当消失降临，记忆就被消灭了，其实并非如此。记忆只是漂在了光线照射不到的水底，所以，只要勇敢地将手伸向水的深处，一定能碰触到什么的。我们把它捞上来，带到阳光照射得到的地方。我实在不能再眼睁睁看着您的心渐渐衰弱却缄口不言了。"

他握起我的手，一根手指一根手指地温暖着我。

"继续写故事，就能守护自己的心了?"

"是啊。"

他点点头，气息拂到了我的手指。

到了傍晚，消失已经大大推进了。图书馆里点着了火，在公园、田野或空地上把大家带来的书烧掉。从工作室的窗户看出去，岛上升起的火焰和烟雾被吸进云层，把天空染成了灰色，雪地也掺进灰烬变脏了。

最终，我从书箱里选出大概十册书，连同写好的稿纸一起藏到了 R 先生那里，其余的书和爷爷分头堆到了小推车里，决定拉到某个地方烧掉。藏匿所有书从物理空间上来说是不可能完成的任务，而身为小说写作者的我在这场消失面前没有任何举动的话，也怎么都说不过去。

留下哪本，处理哪本，着实难以判断，把书拿在手里也已经记不起这本书写的是什么内容了。可是说不定秘密警察会来巡查，还是马虎不得。实在没办法，我决定留下重要的人送给我的书和封面漂亮的书。

五点半，夕阳西下时，我和爷爷拉着小推车出发了。

Don往我脚边蹭蹭，像是在说："不带我一起去吗?"

"我们不是去悠闲地散步哦。有要紧事要做，要拜托你看家咯。"

我这么一说，Don坐到了玄关处的毯子上。

我们在路上还和好几个人擦肩而过，他们也都抱着重重的纸袋或者拿着包袱。道路四处上冻，积雪一堆一堆的，小推车拉得人筋疲力尽。车上堆的书很快就散落开来，反正是要烧掉的，我也没去管它，继续向前走。

"要是累了就歇歇吧，坐到车上也没关系啊。"爷爷说。

"谢谢，我没事。"我说。

我们走过公交专用道，穿过市场一侧，终于到达中央公园时，镇上已经充斥着异乎寻常的光亮和热度。公园正中堆积如山的书熊熊燃烧，往夜空中扬着火星粉尘。四周围着许多人，树丛中还有秘密警察的身影闪现。

"这……真的是……惊人的景观了。"爷爷自言自语。

火焰宛如一个巨型生物，比街灯、电线杆都要高，而且不断往上攀升。风吹来，化成灰烬的纸页碎片漫天飞舞，在空中飘散。周围的雪全都融化了，一路走过去，鞋子沾满了泥泞。橙色的光照亮了滑梯、跷跷板、长凳和公厕的墙壁。火苗像被漫天泼洒一般，月亮星星全都看不见了，只有逐渐消失的小说的残骸烧糊了天空。

人们被火焰烤红了脸庞，一言不发地仰望着这般景象。火焰的粉尘飘落下来也没人拂去，个个凛然伫立，俨如见证一场庄严的仪式。

书山比我的个子还高，里面还有些书尚未被火舌舔舐，但已经看不出书名了。明知道就算认出来是自己知道的小说也无能为力，但我还是一本一本地凝视着。我在想，见证了这些书消失前的最后瞬间，是不是书页中的一些东西就能保留在我的记忆里呢？

装入箱里的、皮革封面的、厚重的、小巧的、可爱的、艰涩的……那里有各色各样的书。它们紧紧靠在一起，等待燃烧。时而发出几声闷响，小山崩塌，每当这时，火焰就改变形状，火势愈发猛烈。

这时，忽然有位年轻女性离开了人群，站在长凳上，开始大叫什么。我和爷爷吃惊地面面相觑，周围有几个人也察觉到了骚动，回头看她。

她大声喊叫，叫得过于声嘶力竭，听不出在叫些什么，她表情兴奋，举手挥舞，唾沫四溅，分不清是在发怒还是在哭泣。

她穿着质朴的宽大外套和方格花纹西裤，长发编成麻花辫，头上戴着一个奇奇怪怪的东西。那东西由柔软的布料制成，略微倾斜，盖在头顶。每当她的身体剧烈摇动，我总担心那东西该不会掉下来吧。

"她不是疯了吧？"我小声对爷爷说。

"唉，怎么说呢。看样子是在喊着要灭火。"爷爷抱着胳膊。

"为什么？"

"她是来阻止消灭小说的。"

"那么，也就是说，她……"

"是记忆不会消失的人士吧。好可怜。"

她的叫声渐渐近乎哀鸣。可是，显然没人可以灭掉这巨型火龙，只能怜悯地看着她。

"那人这样做，肯定要被抓走的，得赶紧逃走啊。我得做点什么。"

我试图靠近长凳，却立刻被爷爷制止了。

"小姐，已经迟了。"

从树林里现身的三名警察把她拽下来。她用力抓住长凳奋力抵抗，却无济于事。她头上戴着的东西掉在了泥泞中。

"谁也无法消灭人们对故事的记忆！"

我清晰地听到了她被秘密警察拽走时最后的呼喊。

人们不忍目睹这一切，发出叹息，视线又回到前方。我盯着她掉在地上的东西。它比戴在头上时更为萎靡地缩成一团，沾满了污泥。"谁也无法消灭人们对故事的记忆！"她的声音始终在我耳道深处回响。

"对了，是帽子！"

我突然想到。

"是对面的叔叔过去制作的帽子啊，几年前就消失了的。她像是故意戴在头上的，对吧？"

我仰头看看爷爷，他只是有些不解地歪着脑袋。

这时，有人从人墙中走出来，捡起帽子，掸去泥土，默默投进了大火。帽子骨碌骨碌转了几圈，落在了我够不到的地方。

　　"好了，小姐，我们开始吧。"

　　"好的。"

　　我的视线从帽子落下的地方挪开，回答道。

　　我们把小推车停在饮水处，搬着双手能抱动的分量的书靠近火场。可热气笼住了身体，火星粉尘会灼到毛衣和头发，所以无法靠近火场边缘。

　　"太危险了，小姐您还是退后些为好。交给我吧。"

　　"不，没关系的。只是没办法靠得更近了，就在这儿把书扔进去吧。"

　　我把一本书——黄绿色的封面上画着水果——朝着火焰扔去。本想竭尽全力投掷，却还是远没有扔到火里，而是落在了书山的脚下。爷爷稍微贴近书山了一些，周围的人们只是往这边瞥了一眼，既没出声，表情也没有变化。

　　我们依次把书投进去，已经不再逐一查看封面、翻看书页，就像在完成一项既定的任务，漠然重复着相同的动作。然而，一本本书离开手中的瞬间，我还是感受到了记忆空洞逐渐加深般的些许吱吱嘎嘎声。

"以前都不知道书这么容易燃烧。"我说。

"因为块头小，里面又满是纸张啊。"

爷爷说着，扔书的动作没有停。

"等书里写满的语言全部消失要花很长时间吧。"

"不用担心。到了明天都会尘埃落定的。"

爷爷从口袋里掏出毛巾，擦拭脸上的汗和灰。

烧了大概一半，我们决定离开中央公园，于是再次拉起小推车在镇上行走。在熊熊烈火旁边做事相当令人疲惫，我们要去找火势弱一点的地方。

镇上静悄悄的，有事物消失时特有的粗涩的空气流动，没有骚动声响。除了秘密警察的卡车以外，几乎没有汽车在路上跑，即便人员聚集也没人有多余的话语。四处能听到的只有烧书的声音。

我们没有设定什么路线，信步而行。载重轻了，小推车拉起来方便了些。沿着电车轨道向北转弯，横穿镇政府的停车场，进入住宅区。每处空地上，消灭都在进行。如我们所想，这些火势都不如中央公园那么猛烈，伸出双手，火焰是刚好能感受到热乎的程度。

"不好意思，可以允许我们一起吗？"

请求之后，我们停下小推车，烧掉了几本书。

"请，请。可以把推车上装的所有书都添进去的。"

大抵所有人都这么亲切地说，但我婉拒了："不了，全都添进去，要是把火引到房屋就麻烦了。我们再去找找其他火场。"

投书，拉推车，发现火，停下，循环往复。不知不觉间已是日暮时分，夜渐渐深了。我想，岛上小说的数量已经不重要了，但是升到空中的烟却没那么容易消散。

我们经过文化馆、加油站、罐装工厂和单身公寓门前，T字路口正对着大海。我们从那里一直沿着海边步道前行，沙滩上也聚集着人群。海融入暗夜，在阴翳中向远方延伸，和天空合二为一。小推车上的书已经所剩无几。

山丘出现在眼前。山谷腹地的火燃得更为猛烈。

"是图书馆啊。"我低语。

"像是。"爷爷手扶着额头，有些晕眩似的眯着双眼。

爬上山丘的路狭窄陡峭，我们决定放下推车，把剩下的书全部抱在手里走过去。放在平日里，这附近本该光线昏暗没法走人，可由于燃烧图书馆的关系，此刻竟然明亮如同白昼。我们中途路过花朵已经消失殆尽的空荡荡的植物园，那里唯有干枯的枝条孤孤单单地戳着，植物园上空闪烁飞舞着花瓣般的火星。

图书馆整个被烈焰吞噬。我还是第一次见到有事物燃烧得如此壮观、美丽。强烈的光、热和色彩让我忘却了恐惧和孤寂。R先生拼命劝说我的事、戴帽子的女士叫喊的话语似乎都渐渐远去。

"明明没必要连建筑物一起烧毁啊。"

"不，因为图书馆本来放的就全是书，一旦点火烧起来特别快。"

"之后会怎样呢？"

"传闻是要跟植物园一起夷为平地，建一座跟秘密警察相关的建筑。"

耳边传来远处围观的人们的交谈声。

我们又爬了一段，来到野生鸟类观测站，到了这里就见不到其他人的影踪了。白天散步路过的时候不觉得，夜晚到访，感觉观测站的废弃景象相当悲凉。玻璃窗碎了，布满蜘蛛网，橱柜和桌子都翻倒在地，地板上一片狼藉，马克杯、笔筒、毛毯、文件的残片四处散落。我们小心翼翼地穿过房屋，以免被绊倒。我来到和爸爸一起用望远镜观测的窗前，把书放在脚下。

"玻璃碎片可能会掉下来，当心啊。"爷爷说。

我点点头，倚在窗框上。

图书馆在观测站的斜下方，中间是野蛮生长的灌木丛，仿佛触手可及，就像远眺电影银幕一样。黑暗中只有火焰在跳动。大海、树木和我们都像唯恐破坏了这幅美景一般，伫立不动，凝神屏息。

"我记得从前有人这样说过：烧书者终将烧人。"我说。

爷爷手摸着下巴，低声说了句："哦。"

"是哪位讲的呢?"

"忘记了。总之是位伟人吧。不过，您觉得真是这样吗?"我问。

"嗯……怎么说呢? 这真是道难题啊。"

爷爷抬头看着天花板，眨着眼睛来回摩挲着下巴。

"不管怎么说，这就是消失，做什么都于事无补。不该随便乱烧书，但那位伟人也明白，谁都无法违逆消失吧，所以也就默许了。烧人这么恐怖的事，断断没有轻易发生的道理。"

"假如，人类也消失了呢?"

我接着问。爷爷也一时语塞，眼睛眨得更厉害了。

"小姐您还是老样子，总是考虑得那么深啊。呃⋯⋯也就是说⋯⋯怎么说呢⋯⋯对了，对对，小姐，人类跟消不消失没啥关系。不管不问也总有一天会死去的啊。索性生死由命好了。"

爷爷像是为终于找到答案而松了口气似的，啪地敲响了碎掉的玻璃窗上的金属卡扣。

在此期间，图书馆一直在燃烧。我从脚边拿起一本书，从窗户扔出去。书在空中展开书页，越过灌木丛，缓缓落在火焰中。书页被风哗啦啦翻动，与其说是坠落，更像是翩翩飘落。

接下来，爷爷扔了一本。那本书又薄又轻，更加优雅地翻动着书页消失了。

我们依次重复着同一套动作，细细抚摸着每一本书。

风向变了，热浪涌向了这里。或许是长时间走雪路的关系，我的脚尖都冻僵了，只有脸蛋热乎乎的。

"渡轮消失时，爷爷您是什么心情?"我问。

"太久远了啊，我都记不得了。"爷爷答道。

"明天开始我们该怎样生活呢?"

接下来拿到手里的是一本牛皮纸封面的厚实书籍。

"不必担心，没关系的，我也是这样过来的。丢掉工作是件让人心里没底的事，不过，不知不觉间，不知怎么也就习惯了。很快就能找到替代的工作，甚至忘了自己以前是干什么的。"

爷爷望着窗户对面说。

"不过呢，我想今后我还是会悄悄把小说写下去的。"

爷爷"啊"了一声，转头看我。我双手捧着那本厚重的书，毫不犹豫地投了出去，牛皮纸发出啜泣般的声音。

"这件事，真的能做成吗？"

"我也不知道。不过，他说百分百应该这样做，不然我的心会死掉的。"

"是吗……"

爷爷再次用手摩挲着下巴，脸上布满皱纹，陷入了沉思。

"不过，我也像 R 先生说的那样，每天在听八音盒，倒也没出现什么特别的变化。既没唤回已经消失的记忆，内心也没变得振奋。我听到的还是从那个木盒子里发出的一连串不可思议的音符而已。"

"大概不管做什么都是徒劳，但是我会藏好写完的手稿的。继续写已经消失的小说怕是以身犯险，但是我不想让他失望。内心衰弱没什么辛苦的，可我看到他消沉的样子会很心痛。"

"我也会继续坚持听八音盒的，毕竟那是我来之不易的生日礼物啊。"

说着，爷爷帮我掸去了头发上沾染的灰尘。

"拜托小姐您千万千万不要勉强。但凡有我能中得上用的，不管什么时候，您只管吩咐。"

"谢谢。"我说。

终于，最后一本书离开了手中。图书馆的框架逐渐开始崩塌，时不时发出巨大的声响，房顶坠落，墙壁倒塌。问询台和阅览室的椅子也都烧着了。

我托着脸颊，望着最后一本书在空中飞舞划出的曲线。忽地，感觉那本书的姿态跟什么相似。从前，我和爸爸并排站在窗边望见过相同的景象。我深吸了一口气，仿佛一颗火星乱入了内心的无底深沼，有一些些心痛。

"是鸟啊。"

我想起来了，鸟也是这样展翅飞向远方的。然而这份记忆瞬间也被火焰吞噬，剩下的唯有无尽的黑夜。

　　如爷爷所说，我很快就找到了新工作，镇长为我介绍了他熟识的商务公司。

　　"这是家批发香辛料的小公司，不过社长人品没得说，是份相当靠谱的工作哦。听说在招打字员兼行政人员。"

　　"打字员？"我回问。

　　"对这工作不满意吗？"

　　"不是。不过我只是在上学时接触过一点儿打字，担心自己是不是能胜任……"

　　我把"打字员"这个词默默在心中嘀咕了好多遍。不知道为什么，我总觉得这是个特别的词汇。

"没关系的。一边做一边慢慢学好了，那边是这么说的。嗨，一开始也就是些杂务比较多吧。"

"非常感谢您。给您添了这么多麻烦，真是对不住。"

我说完低头时，内心的嘀咕仍然没有消失。我尝试搜寻已然变得贫瘠的记忆库存，却一无所获。

"哪里哪里，快别那么说。不过是举手之劳，遭遇消失的时候，大家理应相互照应。"镇长憨厚地笑了。

于是，我到香辛料公司上班了。平常的日程安排也不得不随之有所变更。清晨早早起床，准备好分量足以让 R 先生一整个白天安枕无忧的食物、开水和日用品送到密室。傍晚下班一回来先去看看密室，确认一切无恙后去遛遛 Don，再准备晚饭。一开始，我总是对自己一天有将近十个小时不在家这件事无比忧虑，总是不由自主地想象自己不在期间有什么突发事件，比如火灾、抢劫、疾病、记忆搜捕之类发生。

时间方面，我比过去更忙碌了。一边规规矩矩地去公司上班，一边守护着 R 先生的安全。要照顾 Don，还要收拾整个家的里里外外，真是累得够呛，连去爷爷的渡轮玩的机会都变少了。但是，日子总算是一天天平安度过了。

公司规模不大，是个家族企业。工作内容是清扫、接听电话和简单的文件整理。在打字方面，公司为我借了一本教科书和一台打字机让我在家练习。我还是第一次到外面工作，所幸的是一切顺利。

唯一让我烦恼的是，事务所后面的仓库里保管的商品偶尔会随风飘来阵阵恶臭。许多种类的香辛料混杂在一起，类似苦苦的中药或是腐烂的水果般的臭味在周身纠缠。

不过，拜跟香辛料打交道所赐，我意外获取了一份幸运，就是有时可以从供应商那里分得一些食材。找遍整个市场都难以买到的香肠、芝士和牛肉罐头成了 R 先生、爷爷和我的重要菜肴。

我终于明白自己为什么会对"打字员"这个词如此敏感，是在我为了尝试挑战继续写作而把藏进密室的手稿拿出来重读的时候。

准确说来，我已经没办法再读小说了。即便我可以读出一个个字词，也无法理解它们串连而成的故事了。它们只是一个个填满稿纸格子的文字，没有感情，没有氛围感，甚至描绘不出任何情景。

我用手描摹着一个个格子时，发现了"打字员"这个词汇，总算记起自己是在写一个跟打字员有关的故事。在这种状况下，续写小说并不像 R 先生说的那么简单。

每周五和周六的晚上，我都会坐在书桌前，挪开镇纸，从第一页开始认真通读，然而进展并不顺利。我做了各种尝试，比如反复阅读同一行文字，盯着一个词语看，有节奏地移动视线，等等，然而毫无成效。进行到第五页、第六页时，我已经没了毅力，哗啦啦翻动稿纸，从中间段落进入再度尝试，结果还是一样。最终精疲力竭，满眼只有稿纸的格子线，看得人头晕目眩。

我重新调整心情，想到虽然不能读，但也许可以写，于是准备了白纸做稿纸。为了让手指有所适应，我先写上あ、い、う、え、お，确认了格子和文字的大小，又接着写了か、き、く、け、こ。一种成就感油然而生：即使只是些毫无意义的字符，这样坚持写下去，总会一点点接近 R 先生的期待吧。可是，当我用橡皮把那行字擦去，格子再度恢复空白时，我的手指一下僵住了，心里满是不安，不知道写点什么好。

之前我究竟在写什么呢？我问自己。我努力回想过去如何在深夜坐在书桌前搜寻辞藻，能记起随便什么都好，哪怕只有一点点。放置在桌角的打字机岿然不动地望着这边。为免公司的人嫌弃太吵，打字练习迟迟没能推进。我随意尝试敲了敲按键，打字机发出"咔哒、咔哒"金属相互撞击的声音。那一瞬间，我有了故事触觉复苏的预感，于是毫不犹豫地想要将其捕捉。然而，手中留有的只是一个个小小的空洞而已。

我难以忍受长时间盯视空白的格子，便再次写上あ、い、う、え、お。我期待着这次或许能写出点什么，就又擦掉了这些，可还是大脑空空。实在没办法，又重回あ、い、う、え、お，如此循环往复。最后稿纸都被我擦得破破烂烂了。

"不要勉强啊。慢慢放松心情去回想就好。"

每当我说着抱歉把空白稿纸递给他时，他从来没有面露失望之色，还这样安慰我。

"可不管我再怎么努力都不行了不是吗？"

"怎么会呢？过去写小说时的你和现在的你没有任何改变。唯一的不同只是书被烧掉了而已。纸张虽然消失了，但语言依然存在，所以没关系的。我们是不会失去故事的啊。"

他像往常一样抱紧我。床软软的，暖暖的。他的肌肤越发白皙，似乎一块块肌肉的形状都凸显了出来，肆意生长的头发半遮着他的眉眼。

"大火整晚没有熄灭啊。我总觉得这样下去，黑夜就没有尽头了。人们带去的书全都烧光了，却还是没人离开，大家都定定地站在那里盯着火焰。明明燃烧纸张的声响一刻也没有停过，可不知道为什么，我仿佛有种被静寂包围的错觉呢，就像耳朵鼓膜痉挛了似的。这么肃穆的消失还是第一次遇到啊。我一直和爷爷牵着手，就好像要是身体没有什么接触的话自己也会被火焰卷进去一般。"

我把那天晚上发生的事情一五一十地讲给他听。一旦开口，想讲的事情就无可遏止地一件接一件浮现出来。拉小推车的辛苦、染红了的中央公园的游乐设施、掉落泥泞的"帽子"、崩塌的图书馆、"鸟"……单说哪件都生怕漏说了至关重要的信息。他耐心地侧耳倾听着。

我说累了，长出一口气，他抬眼望向远方。他的背后是晚餐用完后的空盘，盘子正中间仅剩一颗青豌豆。没被烧掉的书整整齐齐摆放在架子上。

"我不在时，外面的世界已经大变样了吧？"

他抚摸着我的头发说。他的声音填补了两个人身体之间的空隙。

"没觉得我的头发有股奇怪的气味?"我问。

"什么味?"

"调料味。"

"没有啊。只有一股非常怡人的洗发水味。"

他的手指滑进我的发丝之间。

"那就好。"我低语。

然后,他为我朗读了打字员的故事。我就像是听了一个来自遥远国度的童话。

"是不是工作做不惯,让您很疲倦啊?"

爷爷边往桌上摆茶具边说。厚衬衫的外面套着过去我作为礼物送他的毛衣,脚上穿着毛线织的室内鞋。

"没有,大家都对我很好,我做得很开心。"我回答。

我们二人很久没在渡轮上一起度过品茶时光了,更令人欣喜的是今天还有松饼。难得拿到了鸡蛋和蜂蜜,我们做了松饼。我们把食材分成三等分,烤了三块,一块用小手帕包好,打算带给 R 先生。

趴在沙发底下的 Don 很快闻到了气味,鼻子蹭着桌布的边角撒娇卖萌。

"打字虽然很难，但练一练觉得还挺有趣的。只需要动动手指，不知不觉间一篇文章就打出来了，感觉自己像是魔术师一样。Don，别拽桌布啊。会给你的，乖乖等着。"

我摸了摸 Don 的下巴。

"乖，再稍微等一等哦。"

爷爷小心翼翼地把蜂蜜滴在松饼上，尽量一滴都不浪费。

"公司看上去生意不错。少量的土壤就能培育香辛料作物，所以就算是冰天雪地里也能有好收成。食品状况恶化，市面上四处充斥着腐烂发臭的肉和蔬菜吧，人们都急于消除恶臭呀，所以公司奖金有望大涨，员工们都很期待呢。"

"挺好的。"

爷爷说着，打开壶盖，看看茶煮得怎样了。

我们聊些不着边际的天，喝喝茶，逗逗 Don，不紧不慢地吃着松饼。我们用餐刀把松饼分成可以一口吃下的小块，静待这一小块在舌尖上慢慢融化，尽可能长久地感受着松饼的甘美。随着剩余的松饼越来越少，每次切下的块也渐渐越来越小。

我和爷爷每次切松饼，都分给 Don 一小块。Don 来不及细细品味就囫囵吞下，还用仿佛在说"难道这就没了吗"的眼神抬头看着我们。

明媚的阳光从窗外照进来，差点让人以为春天临近了。海面平静，就连平日里被海浪拍打得吱嘎作响的渡轮也一片静谧。码头上的积雪堆表面融化，反射着太阳光。

吃完松饼，我们取出藏在卫生间的八音盒，摆在桌子正中间一起听。八音盒依然重复播放着相同的旋律。我们不再闲聊，坐得端端正正，闭上眼睛。我并不知道原本八音盒应该采用怎样的姿势来听，只是自顾自地心想，闭上眼睛或许能更好地呈现 R 先生所期待的"效果"。

从盒子里流淌出的旋律简简单单却优美纯粹，我能感受得到个中真意。但是，对于这旋律是不是能有效阻止内心的衰弱，我却没有信心。假如音符被吸入内心的无底深沼，就会渺无踪迹，就连细小的涟漪、微小的气泡都不会留下。

Don 也一脸不解地看着八音盒。我重新拧紧发条，八音盒再次响起的瞬间，Don 像是耳膜受到了猝不及防的震动似的，腹部紧贴着地板摩擦着后退，同时又抑制不住满腔好奇的样子。我把八音盒托在掌心，凑近 Don 的鼻头时，它慌忙逃到了爷爷两条腿中间。

"小姐，那个……您的小说接着写得怎样了？"爷爷盖上八音盒的盖子后说。似乎连"小说"这个词的发音都变得有些困难。

"嗯，努力中，可还是没办法顺利进行。"我回答。

"跟已经消失的东西有关，总是难的。坦白说，每当拧紧这个盒子的发条，我都有种虚空感。我总是鼓励自己：说不定这次能有什么新发现呢。结果总是事与愿违。不过这盒子是非常珍贵的礼物，所以我总是打起精神，一次又一次拧上发条。"

"我也尝试着在书桌上摊开稿纸，可就是没办法再向前一步。既不知道自己现在身处何处，也不知道将要去向哪里。感觉自己就像被扔到了一片浓雾里。我很想找出头绪，于是去敲打字机。现在我的书桌上就一直摆着一台从公司借来的机器。细细端详呀，这打字机的外形相当有魅力呢。构造复杂又纤巧，真叫人喜欢，简直就像一台乐器。所以我竖起耳朵去听活字的杠杆抬起时的弹簧声，等待着是不是能从里边听出点什么跟小说相关的东西……"

"唉，岛上满眼都是熊熊燃烧的火焰，任谁都会神经麻痹的。"

"嗯，我那天晚上也的确听到了自己的记忆燃烧的声音。"

Don 打了个小小的喷嚏。它最知道房间里什么地方阳光最好。随着太阳东升西落，它也在不知不觉间一点点挪动着身体。

或许是因为今天是个久违的好天气吧，远处传来孩子们的欢笑声。码头仓库前，身穿工装的仓库工人在玩投接球游戏。

"尽管如此……"我接着说，"那我为什么还是想写打字员的故事呢？我明明几乎从没接触过打字机，也没有做打字员的朋友。真是不可思议，我竟然对打字机做了相当详尽的描写，还写出了很多打字的场面呢。"

"自己从没体验过的事物也可以写成小说的吗？"爷爷睁大了眼睛说。

"好像是的。即使自己没见过没听过，只要靠自身想象就可以写出来了。没必要亲身体验，就算骗人也是可以的。他就是这么说的。"

"骗人也可以的吗？"爷爷越发一头雾水，眉毛不断上挑。

"嗯。小说这东西，谁都不能求全责备。也就是说，小说是平地而起的，把眼前没有的东西权当作有来写，凭借语言让不存在的事物得以存在。所以，就算记忆消失了也不要放弃小说。"

我拿叉子戳着空盘子，Don用前腿撑着脑袋，似睡非睡的样子。或许是休息时间结束了，玩投接球的人们纷纷戴上手套，返回了仓库。

"我也不知道当问不当问……"

爷爷默默望了一会儿海面，缓缓开口打破了宁静。

"小姐，您是喜欢那个人吧?"

怎么回答才好呢? 我迟迟开不了口，双手抱住打盹中的Don的头晃了晃。Don一脸茫然地撑开眼皮，咳嗽似的发出个打嗝儿声。接着，只见它挣脱我的双手，绕船舱一周后，又回到了原来的阳光照射到的地方。"是吧。"我暧昧地回答，既像承认，又像尚在思考中。

"您觉得他能从密室出来吗?"

这次换我提问了。

"您觉得他能出了密室跟太太和宝宝重逢吗?"

爷爷没有回答，他把八音盒拿在手中，叹了口气。

"我觉得可能做不到了，他只能在那个房间里生活下去了。他的心承载的信息太密集了，到了外部世界，他就像被强行拖拽上水面的深海鱼类，身体会被大卸八块。所以我会抱着他沉在海底。"

"是吗……"

爷爷看着自己的手点点头。Don 像是又要打盹儿了，前腿挠了挠下巴，舒舒服服地睡了。

这时，猛地从高处传来骇人的声响。我和爷爷不由自主地站起身来，双手撑着桌面。Don 的困意好像也被赶跑了，睁开眼睛一蹬腿站起来。

与此同时，渡轮开始左右剧烈晃动，我感觉自己像要被甩出去了似的，于是蹲在地上紧紧抓住沙发腿。橱柜和餐柜上摆放的收音机、台灯、座钟，船舱里的一切都掉下来碎了一地。

"地震了。"爷爷喊道。

21

当摇晃停止，我睁开眼睛时，在破碎的东西中间最先看到的是 Don。Don 钻进了沙发底下，孤零零地颤抖着。

"喂，已经没事了。快过来。"

我伸出手，从橱柜掉出的抽屉和倒下的台灯间的缝隙里抱回了 Don，又从狭小的空间里钻出来。

"爷爷，爷爷!"

我在房间里环视一周，房间一片狼藉，已经无从判断爷爷刚才坐在哪里。Don 也叫了好几声，像是在呼唤爷爷。

"哎，我在这儿。"

爷爷终于有了回音，声音虚弱。

爷爷被压在了餐柜下面。摔破的餐具碎片插进了他的身体，他的脸上满是血渍。

"您没事儿吧？"

我努力搬开柜子，可柜子比我想象中重得多，柜子纹丝不动，反而弄伤了自己。

"我没事，小姐快跑！"

爷爷的声音被闷在了瓦砾之中，很难听清。

"您在说什么呀？我是不可能那样做的。"

"快从这里逃出去，早一步是一步。海啸要来了。"

"海啸……？海啸是什么？"

"现在没有时间细说，就是从海平面席卷而来的巨大的海浪。地震之后必然有海啸袭来，再在这种地方磨磨蹭蹭，会被海啸卷走的。"

"我不太懂，总之要走一起走！"

我仅能从缝隙里看到爷爷摆动着他的左手，做着快走的手势。我没有理会，再一次努力尝试挪动餐柜，然而依然只能抬起微乎其微的一点点。Don 忧心忡忡地望向这边。

"可能会疼，您忍一忍。只要能有一点空隙，您就往外挪一挪身子啊。"

我为了让自己冷静下来，不断向爷爷喊话。膝盖扎进了玻璃碎片，丝袜破掉沾满了鲜血，我却全然觉不出痛来。

"我喊'一、二、三'，您卡上点儿。只要卡上点儿，就能抽出身来的。"

"求您了，请别管我了……"

"您还在说什么胡话。我不要听，我是不会丢下您一个人的!"

我近乎怒吼般喊完，抓过滚到 Don 脚边的打开天窗所用的撬棍，插进餐柜下面。

"一、二、三!"

这次比刚才撬起的更多了。不知道是地板，还是柜子，抑或是我的脊背，只听得哪里发出嘎吱嘎吱的声响，我不顾一切地竭尽全力压向撬棍。

"来，再来一次。一、二、三!"

看得到爷爷的左肩和左耳了。就在这时，渡轮再次晃动。这次不如之前剧烈，但我失去了平衡，差点摔跤，于是握紧了撬棍。

"爷爷，这，就是海啸吗?"

"不，海啸可没那么容易过关。"

"不管什么情况，总之我们还是尽快脱身为好。"

或许 Don 也想出份力，它叼住爷爷的毛衣，使劲往外拽。

我的手心红了，后槽牙和太阳穴都发麻了，手腕也快脱臼了，然而柜子还是没有如愿挪动。我都要气疯了，这地方为什么放了这么重的一个橱柜呢？可我还是咬紧牙关在使力，爷爷的身体一点一点露了出来。

海啸，到底是什么呢？虽然我想不出来，但这个词始终萦绕在我的心头。能让爷爷如此恐惧，无疑是极为了不得的事物。是住在海底的残暴生物吗？还是跟消失一样是肉眼看不到的绝对无法逆转的能量呢？为了挥去那恐怖的印象，我更加卖力地压着撬棍。

最后终于把爷爷卡住的脚尖拔出来时，我松了口气蹲在了那里。爷爷颤颤巍巍地站起来的同时喊道："快，小姐，快逃！"

我立马一把抱起 Don，紧跟在爷爷后面。

我们不知道是怎样穿过一片狼藉的渡轮的，也不知道从码头往哪个方向跑。等到歇口气时，我和爷爷已经坐到了山丘腹地的图书馆遗址上，周围有许多同样逃过来的人。分明刚刚还是一片艳阳天，转瞬间就阴云密布，现在已经落起雪来。

"您没受伤吧?"爷爷端详着我的脸。

"嗯,放心吧。爷爷您呢,您没事吧?您满身是血啊。"

我从口袋里掏出手帕,帮爷爷拭去脸上的血迹。

"只不过被玻璃碎片擦了一下而已,您不用担心。"

"哎,您稍等,您左边耳朵有血流出来了。"

暗黑色的血一滴、两滴,从耳垂流到了下巴。

"没事,什么事都没有。不过是蹭到了耳朵罢了。"

"可要是伤到了耳朵里面或者脑袋内部就糟糕了啊。"

"没事没事,没那么严重。真的,您就别担心了。"

爷爷慌忙用双手捂住了耳朵。就在这时,随着地动声,海平面仿佛出现剧烈起伏一般,白色的波浪形成一道墙逼近海岸。

"那是什么?"

我的手帕掉到了脚下。

"是海啸。"

爷爷捂着耳朵说。转瞬间,眼前风景大变。大海像被吸入了天空,又好似被吸入了大地的裂缝。满溢的海水不断上涨,大有将整座岛倾覆之势。周围的人齐齐发出惊呼。

大海把渡轮吞没，越过防波堤，冲垮了沿岸的家家户户。一切都发生在一瞬间，但一个个细节——爷爷打盹用的躺椅被冲走，滚到仓库门口的棒球漂在浪尖，红色屋檐像折纸一样被卷走淹没——却似乎——清晰地展现在我的眼前。

眼前风景再次复原后，最先开口的是 Don。Don 爬上一棵折断了的树，朝着大海发出一声长长的低吠。以此为号，人们陆续行动起来。走下山丘的人、寻找电话的人、喝水的人、哭泣的人、形形色色。

"已经结束了吧？"

说着，我捡起了手帕。

"嗯，或许吧。不过还是在这儿多待一会儿看看情形再说比较好吧。"爷爷说。

我们这时彼此对视，才发现两个人都狼狈不堪。爷爷的毛衣已经残破不堪，头发灰扑扑的，两只鞋子都跑丢了，手上只拿着一只八音盒。尽管经历了这么多，那八音盒却毫发无损。而我呢，紧身裙的挂扣松开了，丝袜四处脱线，几乎无法裹足，鞋跟也跑丢了一只。

"您为什么拿着八音盒逃命呢？"我问。

"我也记不清了。我被压在下面时，八音盒就在我身下。

不过我怎么拿着它跑到这里的，自己也想不起来了。是单手拿的，还是双手抱着的，还是放进口袋里的……"

"能有东西救了出来，哪怕只有这么一件也是好的啊。我带出来的只有 Don 呢。"

"是啊，Don 安然无恙比什么都好。我一个老人家独自生活的用品什么的不值一提，被海啸卷走也没什么可惜的，反正原本渡轮就是很久以前就已经消失的东西。"

爷爷望着大海。海岸被木材和瓦砾湮没，几辆汽车漂在海面上。远处，海的中央一带，渡轮船尾朝上立在波涛之间，已经整个倾覆。

"为他留的松饼也吃不成了。"我说。

"是啊。"

爷爷点头道。

镇上到处都被破坏殆尽。砖墙崩塌，道路断裂，大火熊熊燃烧。特勤车辆和秘密警察的卡车络绎不绝地从身后越过我们，看样子是要趁着小说消失时被燃烧的痕迹尚未复原之际乘胜追击，一举摧毁城镇。终于，大雪也降临了大地。

从外面看，我家有几片屋瓦脱落，除了狗屋翻倒之外，其他地方受损没那么严重，只是房内就一塌糊涂了。锅、餐具、电话、电视、花瓶、报纸、抽纸盒……所有东西都已杂乱无章。

把 Don 拴在小屋处后，我们一刻不停地去了密室。我心急如焚，那犹如飘浮在空中的小小房间怎么样了呢？我翻开地毯，急于揭开盖板，可盖板却纹丝不动。

"喂——听得到吗？"

爷爷朝下面喊。过了一会儿，从内侧传来"咚咚"叩响门板的声音。

"是的，是我。"

接着传来 R 先生的声音。

"您没事吧？没受伤吧？"

我趴在地上，嘴巴凑近地板缝隙。

"谢谢关心，我没受伤呢。您和爷爷也都安然无恙吧？完全不知道外面什么情况，可把我担心坏了。我想着，要是再没人回来可怎么办呢？"

"我们一直一起待在渡轮里来着。好不容易才脱身，渡轮已经被卷进大海了。"

"是吗。我也想哪怕了解一点点状况也好，便努力尝试着打开盖板，可盖板纹丝不动。推也好拉也好敲也好，都一动也不动。”

"再拉一次试试看，您那边也使劲儿推一下好吗？"

爷爷在地板上到处摸索着检查，同时对 R 先生喊话。可结果没有任何改变。

"大概是地震让地板变形了吧？"

虽说仅仅隔了一层板子，可 R 先生的声音听起来遥远缥缈，这让我格外不安。

"大概是吧。盖板和地板间的卡扣好像坏掉了。"

爷爷摩挲着下巴认真思考着。

"假如就这样打不开了会怎样？会饿死吗？不，在这之前说不定就窒息而亡了。"我一下脱口而出。

"换气扇还在工作吗？"爷爷问。

"没有，好像是停电了，不动了。"

因为是白天，没太在意，似乎是停电了。

"那，您那边是一片漆黑了吗？"

"是的。"

R 先生的声音似乎渐行渐远。

"必须尽快。"我噌地站起身来，"我们用锯子和凿子把盖板打开吧。"

爷爷和平时一样，一声不吭地扎扎实实推进作业，很快就把盖板撬开了缝，而我却只能在一旁团团转，唯一的贡献就是去跟对面的邻居叔叔借了锯子和凿子。地下室里倒是有木工活工具，但现在东西七零八落一片狼藉，根本不可能找到，爷爷的工具也都和渡轮一起被冲走了，除了去跟对面邻居借以外别无他法。可是，前帽子工匠叔叔热心地说要是有木工活，自己可以来帮忙。

"好大的一场地震啊。您家中怎么样？有什么要修理的地方吗？我来帮忙吧。"

"谢谢。不过不是什么大工程。"

"女孩子一个人还是搞不定的吧。"

"没事儿，还有爷爷在呢。"

"这种非常时期，多个人多把手总没有妨碍。"

我面上保持微笑，又不好不领叔叔的情，心里盘算着怎样能够不惹叔叔怀疑。

"其实吧，爷爷脸上发了湿疹，像是荨麻疹，惨不忍睹，说是不愿让人看见。到了这把年纪了，也还是会不好意思啊。

嗨，他也有些固执的地方。"

就这样，总算劝退了前帽子工匠叔叔的盛情。

门板打开的瞬间，木屑飞舞，三个人异口同声地欢呼起来。我和爷爷立马趴在地上朝下望，R先生正在梯子下面抱着膝盖抬头往上看，眼神里交织着镇定与疲惫，发丝上落了许多木屑。

我们爬下梯子，彼此相拥，啊啊嗯嗯地不知道说什么好。昏暗之中看不太清，密室也已是凌乱不堪。略微动动身，脚下就会碰到各种物体。我们在这个逼仄的空间里双手紧握，久久地对视，因为除此之外彼此都想不出其他可以确认对方无恙的方法。

22

镇上已经不可能再恢复往日的生机。受灾的人们都在尽可能地努力让日常生活重回正轨，然而由于严寒和原材料匮乏，重建并不能如愿推进。残破的家园和渣土一直在道路两旁堆积如山，白雪旋即化为污泥，全岛无不处在极度悲恸之中。

漂到海边的瓦砾逐个被冲进洋流，散落到远方。唯有渡轮依然戳在大海的正中央，一副宛若脑袋埋在地下窒息而亡的姿势，全然不见了爷爷住在里面时的样貌。

地震之后第三天的下午，走在公司附近的电车线路上时，我看到了乾氏一家。准确地说，我看到的只是一副手套，那的的确确——尽管我多么希望是自己搞错了——是乾氏一家吗？

当我受社长所托，即将走进文具店时，那种带深绿色车篷的卡车从我身旁驶过。里面似乎塞满了人，车篷沉甸甸地左摇右晃。其他车辆和行人都避让到道旁，等待卡车尽快通过。

我扶住文具店的大门，尽可能不去看卡车的方向，可就在拉起的车篷缝隙间，手套闯入了我的视野。我的神经一下绷紧，那是一副用编成锁链花样的线绳将左右手连接起来的天蓝色的小手套。

"那，是乾家的小墨……"

我想起了在地下室里帮他剪指甲的往事，想起了他柔软透明的指甲飘落的样子、滑滑嫩嫩的手指触感和放在一旁的手套。

我无法从车篷的缝隙里看到脸和身体，仅有的暴露在外部世界的那只手套透着悲哀。我冲出人行道，想要从后面追上卡车，但根本追不上，卡车转眼就没了踪影。

有传言说是因为地震震坏了房屋，引发火灾，潜藏在密室里的人有几个失去藏身之所，流落街头，一个个都被秘密警察带走了，但是并不足以证实乾氏一家就在那辆卡车上。我能做的唯有祈祷从今往后还能有人为他剪指甲，小手套能一直守护着他。

爷爷搬来和我一起住了。我们之前就做好了早晚会同住的准备，已经在慢慢开始准备，所以我这边是没有任何问题的，但是我注意到爷爷自地震之后一直提不起精神。我暗自思忖：毫无预兆地突然失去自己的住所，受到打击也在情理之中。

爷爷又非常积极地帮助我投入了地震的善后工作中。我只能安慰自己，房屋本身能够完整保留已是万幸，虽然也不知道满屋子从何处着手收拾为好。爷爷则干脆利落地将物品一一归放原处了。

首先，扶起倒下的家具，修理破损的部分，不堪使用的就拆解后拿到院子里烧掉。把满屋子散乱的东西整理分类，归置到位，为地板打好蜡。密室入口散了架的窗框和大门当然也都迅速修复恢复使用了。

"您脸上的伤还没痊愈，好好休息一下吧。"我说。

"不用不用，哪有考虑这种小事的空儿啊，还是一鼓作气来得轻松。说起来，在玄关前面遇到对面的叔叔，他还问我荨麻疹怎样了，哎呀，还留着痘痕呢，可千万保重啊。"爷爷说着笑了，又拿着锤子四处叮叮当当地敲起来。

找到那件不可思议的物品，是在我和爷爷一起收拾地下室时。

地下室里杂乱无序地放着许多旧物件。震后更加乱七八糟，连个插脚的地方都没有。起初打算把不要的东西扔掉，可当双手触碰到素描本、雕刻刀这些时，都跟和妈妈有关的回忆关联在了一起，就怎么也收拾不完了。

"小姐，请到这边来一下。"蹲在橱柜下面的爷爷说。

"什么？"

顺着爷爷指的方向看过去，原来乾氏一家寄存在这里的妈妈的雕刻作品从架子上滚落下来了。那是作为结婚贺礼的貘、庆祝乾先生女儿出生的人偶，还有妈妈被带走前送给乾先生的三个抽象派雕刻作品。

"您看这个地方。"

貘和人偶都完好无损，剩余三件摔出了裂缝。我立刻就明白了，爷爷唤我过来看并不是因为东西坏了，而是因为裂缝里露出了原本藏在里面的东西。

"是什么啊?"

我双手小心翼翼地捧起三件雕塑作品,放在桌上摆好。我们俩坐下,默默看了一会儿裂缝处露出的里面的物品。

"拿出来看看吗?"

"拿出来吧。光是这样看也看不出什么。不过可千万当心啊,说不定是什么危险物品呢?"

"那不会的。这可是妈妈的雕塑作品。"

我用拇指和食指把东西一一捏出来。

一个是叠成几折的长方形纸片,已经变成了土黄色,折痕已然满是毛边,几欲断开,仅能看出一些数字和文字。

另一个是巧克力棒大小的金属制成的四棱柱状的小棒,有一边密密麻麻布满了小孔。

最后是几颗装在塑料袋里的药丸般大小的白色圆粒。

"这是妈妈藏在雕塑中的啊。"全都取出后,我说。

"看样子是的。"爷爷从多个角度反复观看桌上的东西。我把坏掉的雕塑碎片收到一起,放在桌子一角,集中注意力在碎片之间探寻,然而一无所获。

"乾先生是知道的吧?"

"要是知道的话,寄存过来的时候就该跟小姐您说了吧。"

"是啊。那就是十五年来没人发现过这些，它们一直静静地待在雕塑里屏住呼吸呢。"

"嗯，恐怕是这样。"

我们托着腮，再次默默将视线落在桌上。地下室里的暖炉依然不起作用，久久热不起来。雪花从天窗飘进来，看不见天空，只听得铺满河流表面的冰层时不时传来咔嚓咔嚓的声响。

我很快意识到，这些都是藏进妈妈的秘密抽屉的东西。纸片、金属棒和白色颗粒，在外形上可以说毫无共通之处，却又个个质朴静谧，带有一种甜美的氛围感。

"您觉得怎么处理这些东西比较好呢?"我问。

"这个嘛……"爷爷伸手想要去摸金属棒，可他的手微微颤抖，只是握住了空气。似乎越想接近桌上的物品，越是事与愿违。

"怎么了?"

听到我出声问，爷爷慌忙用自己的左手按住右手，放回膝盖。

"没，什么都没有。只是陌生的东西摆在眼前有些紧张。"

"是不是胳膊怎么了? 让我看看。"

"不不，真的什么事都没有。"

爷爷侧过身子，想把右胳膊藏在身后。

"可能是累了。今天就在地下室里好好歇歇吧。"

爷爷默默点点头。

"我们把这个运到密室去吧。有一点可以确定，这是只能存放于那里的东西。"

"从接到传唤通知到被带走期间，您母亲还做了其他雕塑吗？"R先生说。

"嗯，有没有呢？我想家里除了乾先生寄存的三个以外就没有了。"

我攥着床单回答。桌上并排摆放着在地下室发现的三个物件。

"妈妈为我和爸爸留下的雕塑都是在传唤通知送达许久之前做的。"

"那您母亲还有没有其他存放雕塑的地方呢？"

"我能想到的只有小河上游的别墅了，好多年没去过那里了，应该已经废弃了。"

"有可能就是那里。您母亲把雕塑藏在了那里。不，她是把已经消失的东西封在雕塑里藏了起来，为了保护好不被秘密警察发现。"

他双手撑住床，两条腿搭在一起，弹簧吱嘎作响。

"所以那个秘密抽屉不知道什么时候已经全部清空了吗？"

我望着他的侧脸。

"嗯，是的。"

他最先拿起了长方形的纸片。他轻轻将其摊在掌心，似乎稍加用力纸片就会破掉。

"还记得吗？"他问。

"不记得。"我叹着气说。

"这是渡轮票呀。"他的口吻谦逊沉稳。

"渡轮，票……？"

"是啊。您瞧，这个物件虽然在岛上消失了，但是这里印着目的地和价格，这是去往北方一个大岛的渡轮票。人们买了这个票乘上渡轮，乘上爷爷搞维修的那艘渡轮。"

我屏住呼吸，目不转睛地盯着那张有点脏掉的纸片。纸片正中画着在海上威武航行的渡轮的英姿。人们管这艘船叫什么来着？爷爷在上面住时，船体上喷的漆经过海风吹拂已经剥落。渡轮票也褪了色，无法辨认。

"虽然只是一些片段，但我感觉记忆的水面似乎在摇荡了。"

渐渐地，我的双眼感觉疼痛，眼皮沉得撑不住，可我总怕这样下去好不容易开始动起来的水面恢复静止，便强忍着保持睁开。

"尽管如此，我关于这张纸片的记忆还是没有唤回，反而感觉更加微弱、更加缥缈了。大概在您丰富饱满的记忆面前被碾碎了吧。"

"怎么会碾碎呢？我在珍而重之地捧给您啊。不管什么都好，请回想一下吧。"

他摊开的手掌放在我的膝头，我们俩的肩头相互碰触。

"我能想起的只有一个场景。关于那张渡轮票是在什么地方，为了什么出售的，肩负着什么使命，是何等重要的东西，我都一无所知。浮现出脑海的只有它被塞进地下室的秘密抽屉时的样子，是沿着现在的折痕折得整整齐齐躺在抽屉正中央的样子哦。拉开抽屉把手，纸片的边缘像是受惊一样地颤动。然后妈妈像您现在一样，手势温柔地展开了渡轮票。地下室里始终是黑夜，月亮映照在窗棂上。周围削下来的木屑、小石砾和石膏散落一地。涓涓细流宛如夜晚的低语般静静流动。妈妈的手掌厚实又温暖，有些脏，沾着些黏土，还有些雕刻刀的划痕。我想我也摸了渡轮票，我一边交替看着妈妈的脸和渡轮票，一边暗自握住了它。胸口扑通扑通，不是简简单单的开心或者感觉有趣哦，反而是唯恐自己的手指穿过狭窄的缝隙，被吸附进某处扭曲空间的恐惧感更为强烈。可是妈妈面带微笑，所以那成为了我唯一的依靠。渡轮票薄薄的，有些粗糙，跟扔进垃圾桶的纸屑没什么两样，我不明白妈妈为什么如此珍惜这么个东西。但我不想让妈妈失望，就也小心翼翼地视若珍宝。"

一口气讲了那么多，我按住胸口，弓起上半身。由于情绪过于强烈地集中在记忆的一个点上，感觉有些呼吸困难，甚至肋骨深处都有痛感在游走。

"不要勉强哦，还是稍微休息一下。"

他把渡轮票放回床上，让我端起装着热茶的杯子。泡好的茶叶刚刚开始往杯底沉，这个当口，我能喝到的只有一点点着色的热茶。即便如此，还是帮我调整了呼吸。

"我总是这样，完全想不出怎样才能满足您的需求。"

"我是不是得到满足不足挂齿，要紧的是怎样唤醒您沉睡的心。"

"沉睡的心？就让它沉睡好了，反正一切都已经消失不见了。"

"不是这样的。您今天不就想起跟渡轮票有关的事情了吗？还有抽屉把手、妈妈的手掌和潺潺水声。"

他起身调了调头顶的电灯光线的强弱，又坐回床上。密室已经被收拾恢复到几乎和地震前一般无二，架子上的镜子、剃须刀和药瓶也都物归原处，只有出入口换上了新的盖板。

说起来，我们总是坐在这张床上。这是一张爷爷紧锣密鼓特意做出来的简朴却牢固的床，是一张保持清洁，包覆着每三天就阳光消毒一次的舒适床单的床。我们除了这一方天地以外，再无其他容身之处。我们在这里聊天，进食，注视彼此，相互碰触。我再次凝望这个赋予我们二人的唯一空间。这里狭小、虚幻到让人难以依靠。

"内心深沼的水面一旦晃动，希望您一定要把那种感觉写下来，这样您就一定能把小说写下去。"他说。

然后，他拿起放在渡轮票旁边的银色巧克力棒，放到嘴边。我正对这东西是否当真能吃表示诧异时，他眼角泛起笑意，开始或吸或吹。与此同时，金属棒里有声音流淌出来。

"啊……"我叫出声来。但他的嘴巴被堵住了，无法开口，只有声音源源不断地流淌出来。

这声音和八音盒不同，音色更具厚度，有响彻房间每个角落的气势，但又时而震颤时而喑哑令人不安。它不像八音盒那样不断重复同一旋律，每一个音符都有独特的表情。

他双手握住那个四棱柱状的小棒，按在唇间，左右移动。往右移发出高音，往左移发出低音。小棒几乎藏在了双手中间，俨然像是嘴唇自身发出的声音。

"这是口琴呀。"手放下后，他说。

"Kǒu——Qín——"

我一个音节一个音节地跟读，像是嘴对嘴把水咽下一般模仿发音。

"好浪漫的发音啊。就像是只洁白无瑕、毛长长的伶俐小猫的名字。"

"这可不是小猫哦，是个乐器。"

他把那件物品拿给我看。真正拿在手上，我才得以细细感受这小物件。上面锈迹斑斑，映着电灯的光线，通体裹上了一层雅致的银色。正中间刻有字母，大概是乐器制作工厂的名称。他的嘴巴碰触的地方排着两行蜂巢般排列规则的孔。

"吹吹看。"他说。

"呃，可我不会呀。"

"没什么不会的。您小时候肯定吹过，所以您母亲才珍藏到现在的。来，试试看，就和呼吸一样，很简单。"

我缓缓将嘴巴放在口琴上，他的嘴唇的温煦依然存留在上面。我轻轻吐了口气，发出的声响比预想得要大，我吃了一惊，把它从嘴唇上挪开。

"看，很容易发出声音吧？"他面带微笑地说。

"这里是 do，然后是 re，接着是 mi。依次吹、吸、吹，立刻就能吹出 do、re、mi、fa、so、la、si、do 了。"

然后，他为我吹了几首曲子。既有我熟知的曲子，也有我不知道的，每首都让我感觉内心安宁。

不论这样近距离接触乐器，还是聆听演奏，都是非常久远的事情了。长久以来，我都忘了乐器这回事了。说起来，我小时候还学过风琴。老师是位胖嘟嘟的中年阿姨，脾气火爆。和弦测验最让人头疼，我总是把脸躲在风琴琴盖后面瑟瑟发抖。do、mi、so 也好，re、fa、la 也罢，听起来都一模一样。大家一起演奏时，为了不影响到别人，我都不按键盘，只是意思意思动动手指。我放乐谱的包是妈妈亲手做的，上面缝着一只头顶苹果的小熊布绣。

风琴和包去哪里了呢？挺贵的风琴来着，我只练了不到一年就作罢了，还记得被妈妈埋怨了许久。有段时间盖上了琴盖，打算当个装饰雕塑的台子来着，不知道什么时候不见了踪影。即使没有被消灭，也总有一些东西就这样悄无声息地消失了……

　　他略略俯身，左肩稍微放低，垂下眼帘，吹起口琴。搭在前额的刘海几乎碰触到睫毛。他的口琴技艺堪称上乘，一个岔子都没出。他熟悉很多曲子，快节奏的、慢节奏的、明快的、沉静的都有。

　　中间偶尔换我来吹。"我都不会，怪不好意思的。"我想打退堂鼓。他说："也让我稍微歇歇，当当观众吧。"没办法，我只好磕磕巴巴地吹起过去奶奶唱给我听的摇篮曲和数弹珠的儿歌，当真磕磕巴巴。哪里是 fa，哪里是 si，中间间隔把握不好，气息的调节也不够熟练，时不时冒出几个不合时宜的大动静，或者像要没气儿了似的发出颤音。然而每每一曲终了，他都对我报以掌声。

　　这里真是个吹奏口琴的上佳场所。外部杂音一无所闻，也没有电话铃声响起或什么人前来拜访——爷爷已经在一楼的日式房间睡着了。声音均衡地响彻房间里的每个角落，我们得以随心所欲地关在这里。这里空气稀薄，连续演奏久了有些呼吸困难。这种时候，我们俩就站在换气扇前张大口深呼吸。

会的曲子全部吹罢，我们把口琴放回床上，换了另一个仅存于世的物品拿在手中。他打开塑料袋的封口，双手捧起里面的白色颗粒。塑料袋已经泛黄，硬邦邦的，里面的东西看上去倒没那么古旧。

"是什么药吧？"我说。

"不，是波子汽水糖哦。您母亲连这样的小东西都好好地收着呢。"

那东西圆圆的，中间有点内陷，整个裹着一层白扑扑的粉末。他万分小心地捏了一粒，趁我一个不注意塞了一粒到我嘴里。我吃了一惊，双手捂住嘴巴，他笑了。

我的舌头感受到了甜味，热乎乎的。想要进一步细细品味，翻动舌头，倏地就融化了。

"好吃吗？"他问。

几乎就在一瞬间的事，所以我一时间没有出声，永远不想让那甘味从口中逃走，紧闭双唇点了点头。

"是糖果点心呀，小时候商店里多少都有的卖，岛上有数不清的波子汽水糖，可现在只有这几颗硕果仅存了。”

说着，他自己也吃了一颗。大概也是瞬间就融化了吧，他久久盯视着剩余的波子汽水糖，定定地一动不动。两个人到底就这样原地静默了多久呢？

“其余的分给爷爷吧。”终于，他开口了，把波子汽水糖放回原本的塑料袋里。

那天晚上，他跟我讲了跟三件物品相关的事情。渡轮票、口琴和波子汽水糖，整整齐齐地摆在两个人的枕旁。

躺下之后感觉床比坐着时又小了一圈似的。床紧紧包裹着二人的身体，不见一处缝隙。不过他臂膀宽大，我既能在他的怀抱里翻身，也能把头发捋上去，还可以打个小喷嚏。

夜应该已经很深了吧，架子上的闹钟被他的肩膀遮住了，看不到。爷爷为盖板新换的门锁闪着光芒，真漂亮。换气扇始终不停歇地来回轮转。

“北岛有个牧场。”他开启了话题。

“山脚下的牧草地上养着牛、马、羊，出钱就能让骑马。牧场的姐姐拉起了围网，带着绕场一周，一转眼的工夫就结束了。我总是喊着姐姐再慢点儿、再慢点儿。就这样，有时候姐姐还会赠送给我一圈。牧场里有个奶酪工厂。每次走进那里，我都会感觉不舒服。看了在汽油罐一般的巨大容器里咕噜咕噜来回搅动的奶酪，我总忍不住想象假如自己掉进去会怎样。在牧场玩上一天，到了傍晚五点必须返回轮渡码头，因为渡轮一天只有四次往返班次哦。北岛的轮渡码头跟个市场一样熙熙攘攘。冰淇淋、爆米花、烤苹果、糖果，还有波子汽水糖，凡是小孩喜欢的，应有尽有。渡轮回到这个岛时，正是海平面被晚霞染红了的时候。落向海平面的太阳仿佛触手可及。从海上向远处眺望，我们的岛和北岛相比，似乎更加静谧、孤寂、轮廓模糊。我把渡轮票塞进裤子屁股口袋里。怕丢了，还特意仔仔细细叠得好好的，但可能是骑马的关系吧，船票总是皱皱巴巴的。"

他滔滔不绝地讲着。我既像是在欢欣雀跃地听人讲着童话故事，又像是在听令人心旷神怡的音乐。我们不时地朝枕边投注眼神，三件物品依然沉沉地睡着。它们竟然蕴藏着从他口中奔涌而出的如此之多的故事，却还保持着让人难以置信的宁静。很快，我又把脸颊贴到了他的胸前。

"在学习成果展示会上表演口琴演奏时，指挥的指挥棒在某个拍子处偶然折断了，大家笑出声来，演奏中断。奶奶从围裙口袋里掏出一粒粒波子汽水糖给我吃。有一天太贪吃，把肚子给吃坏了，因此奶奶还被妈妈责备了。奶奶得了病，全身肌肉逐渐退化，最终去世……"

　　倾听这些已经消逝的往事，需要极大地调动神经的某个部分，但这没有令我有任何不快。尽管他的话语并不能全部描述出清晰的画面感，但我并不介意。跟小时候和妈妈一起待在地下室度过秘密时光时一样，我只是心无旁骛地竖起耳朵，心情就像铺开裙摆，等待一个不落地接住神灵从天空抛撒下来的巧克力一样。

23

接下来的周日，我决定和爷爷一起前往别墅，我想，或许真如 R 先生所言，那里还留有一些藏匿着秘密物品的雕塑。

说是别墅，其实不过是妈妈过去仅在夏天工作时所用的简朴小屋而已。她去世后没人踏进过这里，加上那场地震，应该已经俨如废墟了吧。

我和爷爷分别背上装有水壶和便当的背包，清晨早早出发了。我们装作去乡下购买蔬菜的家人的样子，换乘汽车后，沿着滨河山路步行一个小时，终于到达别墅，这时已经接近中午。

"这里情况真的很糟糕啊。"爷爷把背包卸在雪地上，紧紧腰带，拿毛巾擦了擦脸。

"比预想的还严重。"我坐在河滩上的石块上，喝着水壶里的水说。

这里已经几乎不见建筑物的形状，甚至分不清门窗在哪里，一个没留意碰到哪里，似乎就要哗啦啦崩塌。屋顶被雪压塌了，烟囱从半中间折断，青苔覆盖的墙壁上四处长满了色彩鲜艳的菌菇。

我们吃了便当，稍事休息后开始干活。为了躲过日落之后外出巡查的秘密警察，我们必须尽快结束。

首先，我们清理掉貌似入口处的木料，进入房屋。地板上散落着钉子、刀具、凿子、刻刀这些危险物品，从天花板上倒下的柱子遮挡着去路，因此我们打着手电筒小心谨慎地进入房间深处。

"啊，那是什么？"我带着哭腔大声叫道。

在工作台下，有个和周边的瓦砾感觉不同的小块物体——一个潮乎乎滑腻腻，软趴趴的，但又浑身刺刺的，已经不成形，七零八落，发出异臭的块状物——躺在那里。爷爷手持手电筒凑近那里。

"是什么东西的尸体。"爷爷冷静地回答。

"尸体？"

"对。恐怕是只猫。估计是流浪猫迷路闯进这里，在这里死掉了。"

仔细观察了下，它的头部和腹部的肉几乎腐烂殆尽，白骨依稀可见，仅能从残存的手脚末端和耳朵上看出一点猫的影子。我们双手合十向这只素不相识的猫致意后，尽可能不往那边看，开始投入工作。

雕塑散落在房间各处。分辨哪些是为了隐藏"物品"而制成的雕塑和哪些不是并不困难。为了便于后续从体内取出藏匿之物，前者会用木片或石块组合而成，所以形状抽象，也有一些已经破碎，显露出了"物品"。

我们把雕塑塞进背包，装满后，又拿出备好的旅行包，没有逐一打开雕塑作品检查里面内容的余暇。我们仅凭拿到手中那一瞬间的感觉，来判断里面是否藏有消失的物品。

我们花了大概两个小时完成所有工作，两个背包和两个旅行包全都塞得满满当当。本想把猫安葬在哪里，终究还是只能让它和这个行将朽坏的小屋一起掩埋在了大雪之中。走在河滩上，我突然停下了脚步，把包放在脚边，回头看了看这个再也不会来访的别墅。

"包由我来提吧。"爷爷说。

"不用，没关系的，谢谢您。"我答道。之后，我们迈步走向了山麓车站。

临近快车的发车时间了，车站一片混乱。野餐归来的家庭、旅客、把菜运往城镇的菜农都带着大件行李，一直排到了候车室的外面。人人脸上浮现出急躁不安的表情，车站内外整个闹哄哄的。

"车是不是延误了？"我边把包从右手换到左手边说。

"不是，小姐，是检查盘问。"

秘密警察封锁了检票口，正命令人们排成两列。车站前的环岛停满了深绿色的卡车。车站工作人员听从秘密警察的指令被赶到了候车室角落里的长椅处，避免妨碍公务。火车已经进入站台，但没有发车的迹象。

"怎么办？"我没有出声，抬头看向爷爷。

"不能让他们看出心虚来。"爷爷快速小声交待，"尽量排到队伍后面。"

我们任由人潮往前推进，步步后退，确保自己在队伍倒数第十左右的位置。我们前面是位农夫，背着一个塞满蔬菜、罐头、腊肉和奶酪的竹筐。单看他的背影都觉得东西摇摇欲坠，快要从筐里掉出来了，食物堆成一座可观的小山。后面排着一对带着手提箱、一看就是有钱人家的母女。

队伍缓缓前进。秘密警察手持武器，在候车室里走来走去，扫视着我们。人们的背影挡住了我的视线，看不太清，检票口似乎是有两名秘密警察在查身份证和行李。

"近来检查盘问格外多啊。"

"这站点这么偏远，不会有什么收获的吧。"

"哪有，有传言说山里比城里的密室更安全，所以警察最近加大了对乡下记忆搜捕的力度。还有，这几天好像在山洞里抓到一个人呢。"

"可搞得我们很麻烦啊。希望能快点结束呐。"

人们窃窃私语着，一旦和秘密警察眼神接触，立刻闭口不语低下头。

"这些家伙查得最严的是身份证，不是行李。"爷爷弓着背，做出重新系腰带的样子悄声说。

"我们的身份证无懈可击，完全不用担心。"

的确，他们在查身份证上花了不少时间。又是翻过来倒过来看，又是对着光照照，反复对比照片和本人，调查证件是否伪造，身份证号码是否在"黑名单"之上。相比之下，行李检查不过问一问，瞥一眼里面而已，相对容易过关。

不过，现在我们持有的行李并非内衣、替换毛衣、点心、化妆工具那些，而是连我们都说不出名字和功能的过去已经从记忆里消失的物品。我拉紧背包的肩带，紧握旅行包的提手。那些物品长期闭锁在雕塑之中，放置在行将朽坏的小屋里，今天却突然被惊扰了长眠，一定也在惴惴不安，那种内心波动似乎传达到了我的后背和手心。

"交给我，小姐您只管保持沉默就好。"

爷爷打算怎么解释这满满一包的雕塑呢？他们大概不会认为这就是雕塑，在他们看来纯属可疑物品，万一被他们发现打开的雕塑……为了避免已经打开露出内部的雕塑引起注意，我们把它们压在了包的底部，可要是伸手进去搜寻或者把包倒过来就完蛋了，无处可逃。我想咽个口水，可口中干燥，舌头粘在牙龈上动不了。

队伍依次向前，越来越近了。火车拉响了一次汽笛，人们都有些急躁。列车发车时刻已经大大延误，而且周围渐渐暗了下来，天色已近黄昏。在这个时候忽然被拦住脚步，打乱日程，可能会挺麻烦的吧。我很羡慕这些人，因为他们不论是否误了再要紧的约会，起码不至于没了性命。

"来，下一个。"

他们依然面无表情，如非必要一律不开口。检查完毕的人刚拉上行李拉链，就被从检票口推到站台。还剩三人，还剩两人。我们尽可能把身体靠在一起。

"你们倒是给我想点办法啊？我都迟了一个小时了。"

轮到排在我们前面的背竹筐的农夫时，他突然这么说。顺利推进的队列骤然停止。对他们而言，这样的说话方式简直是乱来，大家都倒吸了一口冷气。

"我啊，是给你们秘密警察宿舍的食堂送食物的，严令我每个周日傍晚五点之前得送到。瞧，我还有警察发的通行证。麻烦让火车赶紧开。这会儿宿舍里你们的同事拿不到晚饭，都抱怨着呢，被骂的可是我。警察对时间要求高，你们都是一清二楚的吧？请你们给食堂负责人打个电话吧。迟到可不能怪我，都是这磨磨蹭蹭的检查盘问搞的。"

农夫把挂在脖子上的通行证戳到他们鼻子底下，喋喋不休地说着。这时，我们身后的女孩用手帕捂着嘴巴，摇摇晃晃倒了下去。

"哎呀，不得了了，是贫血啊。我女儿心脏不好，谁能帮帮我啊?"

母亲大喊。爷爷马上让我拿着他的包,上前抱起女孩。依次等待检查的其他人也都凑过来看看发生了什么事,队伍变得乱七八糟。这时候那农夫还在持续抗议着。

"来,全体人员,手持身份证。看得清的都往这边来。检查通过就跑起来,去上火车。"

一个像是头头的男人想要打发吵闹的农夫,挥手命令道。包太重了,压得我胳膊疼。我尽可能快速地从外套内侧口袋里拿出身份证,爷爷也请贫血女孩的妈妈帮忙把身份证从裤子口袋里掏了出来。然后剩余的人们一窝蜂地通过检票口,身份证也就象征性地晃一晃,行李也不检查了。我们混在其中,按照命令——其实是为了趁着他们没改主意及早离开——跑到站台。贫血女孩在爷爷怀里连说了几次"对不起""对不起"。所有人坐进列车坐席之际,火车开动了。

那天晚上十点过后,我们才来到餐桌旁。我们在换乘车站和母女俩告别,乘坐特快列车,终于抵达终点站中央车站,然后搭乘公共汽车返回家中,期间我几乎一言未发。交通工具上都嘈杂不堪,没有能够好好说话的氛围,顺利闯过检查盘问的幸运喜悦过度透支了我的精力。就连始终保持坚毅、鼓励着我走到现在的爷爷，也显露出总算能坐下了的疲态。

回家之后，两个人又窝在沙发里发了好一会儿呆，行李就那样扔在地板上，根本没有把雕塑里的东西拿出来看看的力气。

说是晚餐，也不过是摆出了薄脆饼干、黄瓜泡菜和苹果而已。苹果是从那对母女处收到的谢礼。

"不好意思，都是些凉的。"我说。

"没关系，这已经很难得了。"

爷爷伸手用餐叉去戳泡菜。我就着水咽下干乎乎的薄脆饼干，不经意间视线落到了泡菜盘子那里。爷爷几次都失败了，总是把握不好方向，叉子悬在半空中，终于瞄准了，又戳到了盘子边缘或桌布上。他换只手拿叉子，或是重新调整握姿，也是收效甚微。爷爷歪歪脑袋，眉间紧锁，看黄瓜的眼神就像在捕捉厌恶的昆虫。

"怎么了吗……"

我问爷爷，可他就像没听见一样。

"怎么了？"

我又问一遍，爷爷只是依然继续着他的尝试，没来由张开的嘴唇现出苍白之色。

"爷爷，算了。我知道了，您想吃泡菜是吗？来，我来帮您拿一块。"

我心里有些难过，从爷爷手里接过叉子，戳了一段黄瓜送到他的嘴边。

"啊——哦，谢谢……"

爷爷像是终于回过神来，有气无力地挤出一句。

"您是不是哪里不舒服啊？眼睛发花吗，手发麻吗?"

我挨到爷爷身旁，扶住他的肩头，爷爷安慰我时总是这样做。

"没有，没什么。我只是有点累了。"

爷爷嚼起泡菜来，发出咯吱咯吱的声响。

24

过了十天，随着往返别墅的疲惫和遭遇检查盘问的恐惧渐渐散去，爷爷总算恢复了精神。我去上班时，他在家几乎都能把家务料理得井井有条，甚至还去帮隔壁除雪。体力、食欲、精神都恢复了。

我们决定不跟 R 先生讲述检查盘问的事。讲了只会让他深陷于无尽的不安之中，而且就算知道了，他也做不了什么。有什么消失也好，秘密警察到了我们附近也罢，除了藏匿在密室以外，他能做的再无其他。

R 先生很想尽早知道从别墅带回的雕塑里面有什么，宛如期待和数十年未见的亲友重逢一般急切。但对于我和爷爷来说，将这么多雕塑一一破开——也不知道采用怎样的方法破开为好——让里面的"物品"重见天日这项工作并不是那么让人雀跃。我们深知，即使有什么重大发现，在它们面前，我们的心都仍然冻得硬邦邦，目睹 R 先生为了解冻我们的内心有多努力这件事已经令人倍感煎熬。于我们而言，今晚够三个人吃的饭菜从哪里获取、下一次记忆搜捕会在什么时候到来这些担忧更加要紧。

但是，总把背包和旅行包扔在地板上也不是个事儿，所以，我们决定在下一个周日开工。首先，把雕塑全部运进地下室，摆在桌上挨个用锤子敲开。把握力度是最难的，有的轻轻一敲就干脆利落地裂开，但更多的是花了大力气也打不开的。用力过猛担心里面的东西一并碎掉，同时还要顾忌分贝。滨河小路上人迹罕至，但说不定什么时候也会有秘密警察经过，恐怕会对地下室泄漏出的声音产生怀疑。

我们多方考量力道、角度和节奏，花了好一番功夫，二人交替着挥锤。没在挥锤的人从通往洗衣台的门缝里向外查看，一旦发现有人出现的迹象，立刻示意中断作业。

最终，所有雕塑里的"物品"逐一现身了。有的小到几乎看不见，有的用油纸包着，有的从轮廓上看错综复杂，有的发黑，有的尖锐，有的带着绒毛，有的单薄，有的闪闪发光，有的松松软软……形态各异。

两个人都一筹莫展，不知道怎么处理这些东西为好。使劲握住会不会坏？小心地用小镊子或者什么工具捏起来更好吗？沾上指纹没关系吗？一概不知。相当长的时间里，我们唯有静静地看着它们一动不动。

"真想不到已经过了十五年了，每一个还都这么鲜活。"爷爷说。

"是啊，而且明明都已经消失了。"我点头称是。

"物品"比之前那个抽屉里的数量还多。或许除了抽屉以外，妈妈还有其他的秘密藏匿场所吧。看久了，已经有点分不清是不是抽屉里的东西了。妈妈给我讲的故事也模模糊糊地浮现在脑海里，但也仅止于此。除此之外，记忆深沼依然没有波澜。

每当有"物品"装在盆里运到密室，R先生都笑眯眯地前来迎接爷爷。

"我觉得要是封在袋子里相互碰撞弄坏了就糟了，就这么放在托盘里吧。"我说。

"不用那么小心啦，放轻松。"说着，他上上下下打量着我们小心翼翼带过来的东西。

"物品"全都摆在一处，密室显得过于狭窄了。墙上的架子已经不够摆，有些甚至堆到了地上。我们三个人只得当心着不要踩到这些物件，到床上坐下。

"感觉就像做梦一样。从没想过我也能一下子收集到这么多东西啊。"

"哇，真令人怀念。我也有过跟这些一样的东西。执行消灭时，都被爸爸强行一把火烧掉了。"

"啊，这可是很贵重的东西，还是好好保管吧。这些东西可不是缺钱的人会买的。"

"来，您轻轻摸摸看，没什么好害怕的，挺舒服的。"

"您母亲真是仔细，把所有东西都藏起来了，真心要感谢她啊。"

他滔滔不绝地说着。一个个拿在手中，挨个说明与此相关的记忆、使用方法和功能。我和爷爷连话都插不上。

"能让您那么开心，真是太好了。"

所有说明都完成后，在他做个深呼吸的当口，我说。

"不能这么说。需要摆在这里的这些东西的不是我，而是你们。"

"唔……"爷爷发出沉思般的声音。

"这些东西必然能带给你们内心某种变化。再小的触动都
好，会让记忆复苏的。"

我和爷爷不约而同地面面相觑，视线落在彼此的脚边。
我们都知道 R 先生会这样说，但是当真面对这个场面时，一
时竟然搜寻不出任何合适的言语。

"那个……"爷爷艰难地启齿道，"假如，想起什么的话，
接下来该怎么办呢?"

"没什么定式说一定要做什么哦。在记忆里面，所有人都
是自由的。"他回答。

"可是，'想起'这个动作会发生在体内的这里，或者这
里，总之是个看不见的地方吧。"爷爷把手放在头顶和胸前，
"不管多么棒的回忆，如果放任不管，也不会被任何人看到，
而是就地消失，就连本人也抓不住记忆本身，留不下任何证
据。还是像您所说的，要把已经消失的东西强行拽回来才
好吗?"

"正是。"一个深呼吸过后，他说，"记忆用肉眼是看不到
的，所以会让人恐慌。就算不断接受消失的打击之后，即使

为时已晚，本人也还是意识不到它的重要性。来看看这个。"他拿过桌上摞好的一叠稿纸，"这是真真切切就在眼前的，一个个格子里是有文字在的，而且写出这些的是您。肉眼见不到的内心创作出了肉眼可见的故事。或许小说被火烧掉了，但您的心不会消失，所以您此刻才坐在我的身边。和你们帮助我一样，我也希望拯救你们。"

我看着他紧紧抓在手中的那摞稿纸。爷爷托着腮，像是在重新考虑刚才那番话的逻辑。

"假如这个岛上的东西全都消失，会变成什么样呢？"我嘟囔着。

他和爷爷都沉默了一会儿，像是听到了什么不该听的。大家都担心一语成谶，内心恐慌缄口不言，可我却不经意间地嘟囔，看来让他们二人感到不知所措了。

"就算岛上的东西全都消失了，这个密室也会留下来的。"

长久的沉默之后，他说。语气之中没有凌人和强硬，满是怜爱，仿佛在念一行刻在石碑上的文字。

"这个房间里不是保存了所有记忆吗？绿宝石、地图、照片、口琴、小说，一切都在。这里就是内心深沼的底部，是记忆历经挣扎最终到达的地方。"

平安无事地过了几个星期。我的打字技巧大大提高，公司也交给我好几份文件让我打了。香辛料的行情看好，公司业务又拓展到了阿胶、果酱、冷冻食品，工作十分繁忙。我有时也会加班晚回家，还好有爷爷在，家里的事不用我操心。购物、做饭、清洁、照顾 R 先生，爷爷全都打理得井井有条。

有一天，下水管道堵了，家里的水用不了。放在平时，我们只需给修理工打个电话就解决了，但对现在的我们来说，一根下水管就有可能引发致命的风险。于是爷爷浑身沾满了雪和泥土，花了一天半的时间，让我们恢复了正常用水。

还有一次，Don 病了。有一边耳朵可能是在狗窝的墙壁上蹭伤了吧，流出一些黏糊糊的黄水。我用脱脂棉轻轻地帮它擦拭，Don 扑扇着耳朵，小模样好像说着"不好意思给您添麻烦了"，眯上了眼睛。

对于是否要带去给兽医看一下，我们也颇费了一番思量。Don 不是只普通的小狗，它是在记忆搜捕中被带走的邻居家的小狗。我们很清楚，秘密警察重点关注着跟医院相关的动静，因为潜藏在密室里的人如果生了重病，很有可能会去投医问诊。假如被他们知道 Don 是跟记忆搜捕相关的小狗，岂不是会惹出麻烦？他们这伙人，说不定连小狗的 DNA 也要拿去分析之后才会罢休。就算我们说放任不管的话太可怜了才带回家养的，恐怕也可能被他们怀疑另有内情，难逃干系。

不过，要是他们那么在意小狗，记忆搜捕时就该把 Don 一起拉上卡车带走了。那天晚上之后，他们到家里来搜查、抢夺贵重物品时，也没把 Don 看在眼里。所以，或许我们也没必要这么敏感？得出这个结论后，我决定把 Don 带去附近一家宠物医院。

兽医先生非常慈祥，说话像牧师布道一样，是位白发苍苍的老人。他为 Don 清理干净耳朵，涂上软膏，又给了一个星期分量的药物。

"只是有点炎症，没什么大问题的。"说完，兽医先生挠了挠 Don 的脖子窝。Don 在诊疗台上感觉良好地翻过身来，像是在说"已经结束了？您再帮我多治疗一会儿嘛"，撒娇地抬头看着兽医先生，完全没有要从台子上下来的意思。一切顺利，所有的担心都是多余的，我们都松了口气。

还有一件小事，就是爷爷帮 R 先生理了发。自从藏到这里，他还从没剪过头发，已经实在看不下去了。密室里堆满了"物品"，空间越发逼仄，理个发也是兴师动众。

首先，在仅有的一小片空地上铺上报纸，让 R 先生坐在那里，在他脖子周围围上毛巾和塑料布，用晾衣夹夹好。爷爷在狭窄的空间里艰难地变换着身体的方向，用心地为 R 先生修剪头发。

我从床上望过去："我都不知道爷爷连发都会理啊。"

"没有啦。谈不上会，也就是胡乱剪剪罢了。"

爷爷聊着天，也没耽误手中的剪刀舞动。R 先生时不时抬抬眼，想要看看自己的头发成了什么样子。每当这时，爷爷就按按他的脑袋说："请别乱动哦。"

出来的效果相当不错。虽说肯定比不上专业的，但略显凌乱的发梢反而显得人更年轻了。R 先生也很满意。

之后的整理工作就费劲了。虽然特意铺了报纸，可头发还是掉得满屋都是。我们仔仔细细地捡起飘落在"物品"与"物品"之间的头发。

就这样过了一段时间的安稳日子后，有个周六的傍晚，我去遛 Don 的路上，在山丘图书馆遗迹那里和爷爷偶遇了。

"哇，您已经采购好了？买了什么好吃的呀？"

爷爷蹲在烈火焚烧后倒塌了的瓦砾中，为了示意位置，

秘密结晶

311

扬起一只手来。

"没什么，还是老样子。今天的收获无非也就是蔫巴的大白菜、三根萝卜、玉米粉、过期两天的酸奶，还有一点点猪肉吧。"

我把 Don 拴在附近的树上，坐到爷爷身旁。

"有这些就够啦。足够顶一个星期的了。不过，购物需要费的神是越来越多了，靠一个人怎么都不行了。我又不可能上着班还花上一两个小时在市场和商业街逛来逛去。"

"食物不断减少确实非常令人不安。"爷爷用鞋尖碰了碰瓦砾。有些残片扑簌簌掉落在雪上。

图书馆已经变成了一堆黑黢黢的瓦砾。能让人记起那里曾经是保管书的地方的东西已经一点儿不剩了。稍微动一动瓦砾，还会从缝隙里飘起一缕黑烟。前庭本该是一片修建整饬的草坪广场，现在也已被大雪掩埋。前庭下面是一片广阔的大海。

"怪冷的，您在干吗呢?"我问。

"在看渡轮。"爷爷回答。

渡轮保持着地震那天的姿态，插在大海的正中央。那一带阻碍了海浪的流动，白色水花卷起漩涡。还能看到的船尾部分似乎越来越小，又往洋面冲远了一些，也可能是我的错觉。

"想回到过去的生活吗？"

虽然我很清楚渡轮再也不会回来，也知道爷爷会怎么回答，但我还是忍不住多此一问。

"不了，没什么可留恋的。"爷爷慌忙摇摇头，一如所料。

"能跟小姐生活在一起，再没比这更幸福的事了。要是没有小姐您，我早就流落街头了。回到过去什么的，我想都没想过。渡轮老早就没法运行了，就算没有地震，也总有一天会沉没。已经消失的事物还是逃不过命运，就算有了跟原本不一样的功能，也没办法长长久久地存在吧。"

"只不过，那场地震太过突然了，我挺担心给您带来的冲击太大呢。"

"说真的，在我快没命的时候，是小姐您救了我。我没受什么冲击，只有感恩。我看渡轮不是因为怀念，只是细细回味这份难得。"

对话告一段落，我们俩静静看着大海。天空的颜色在和海平面交界处开始徐徐变化，渡轮被笼罩在暮色之中。海滨和码头上都空无一人，只有沿海公路上有车驶向远方。Don 用前腿挠着树干，舔舔锁链，摇着尾巴朝这边看着，像是在说"快来和我玩吧"。伤愈的耳朵可能有些发痒，耳尖时不时神经反射似的抖动一下。

回头看去，小山顶上露出一半掩在冰雪之下的野生鸟类观测站，秘密警察还不至于开推土机来摧毁，但也都已经几乎完全崩塌了。步道上还立着指向植物园入口的指示牌，倾斜的箭头指着一无所有的虚空。这座小山上剩下的只有老老实实等待消失的东西。

爷爷的衣服全都在海啸中失去了，所以现在穿的是我一直珍藏的爸爸的灯芯绒裤子、毛衣还有衣领带有人工毛皮的外套。裤子有些褪色了，人工毛皮也有些磨损，不过尺寸正好，所以爷爷穿着很合身。一双结实宽大的劳动者的手掌放在膝头，和我说话时像是一句话都不想错过，稍稍侧着脑袋。

我从小就喜欢爷爷的手。大家一起出门时，我总是牵着爷爷的手。娃娃屋、汽车模型、独角仙的饲养箱、沙包、手电筒、自行车车鞍、熏鱼、苹果蛋糕，爷爷什么都会做。他关节强韧，手却很灵巧。只要摸着他的手，我就无比安心，感觉绝不会只剩自己孤零零一个人，不会被骚扰，不会被抛弃。

"从雕塑里取出的那些'物品'终究和渡轮一样，不能长久存在的吧?"

"这……会怎么样呢……"爷爷略微向后挪了挪屁股。

"他好像认为，要是待在密室里，所有东西都可以继续存在。"

"嗯，就这一点而言，他是相当信任我们所做的密室的力量的吧。可是我……说起来还是有些疑问。当然了，我也没准备去直接询问那个人，就算问了也不会有什么结果吧。"

"是啊。关于消失这事儿，在这个岛上都找不到可以跟他准确说明的语言，就跟我们无法真正理解'物品'是一个道理。"

"即使我们可以反抗秘密警察，也没法反抗那个人终究将要和我们分隔的命运啊。"

"我时不时在想啊，要是秘密警察也消失了就好了，那样谁都不用躲起来了呀。"

"是，那样就太棒了。可是，要是在这之前密室先消失了的话……事情又会变成什么样呢?"

爷爷双手交叉合在胸前，看起来既像是在暖手，又像是在祈祷什么。我从未想过密室会消失——有一天，我会不知道地毯之下有什么，地板如何打开，R 先生为什么在那里——听了爷爷的话，我内心乱成一团。可能是因为好不容易出来散个步，却又被久久拴在树上的缘故，Don 频频发出哇呜哇呜的叫声。

"没必要担心这个啊。"我为了掩饰自己的慌乱，高声说，"我们一步步走到今天，接受了各种各样的消失。就连极其重要、印象深刻、无法替代的东西消失时，我们也没有陷入严重混乱或是痛苦之中。任何空洞我们都能安然接受了。"

爷爷双手放回膝盖上，看着我的脸庞微微一笑："是啊。"

那是仿佛融入黄昏时分般的笑容。

我从瓦砾上下来，重新系好围巾，为 Don 解开了绳索。

"哦，太阳要落山了。可不能感冒，我们回去吧。"

获得自由的 Don 欢天喜地地在爷爷脚边跑来跑去。

"小姐，您先回吧。我想在这儿休息一会儿，然后再去肉店转一圈。前几天，我在小山对面发现一家品质不错的肉店，我去买些上等的火腿之类的回来吧。"爷爷说。

"不要勉强啊，今天有这些就足够了。"

"不不，没什么勉强的。不过是稍微绕点路而已。"

"啊，对了，那我给您个提神的好东西吧。"

我忽然想起波子汽水糖的事，掏出一直塞在裙子口袋里原封不动的塑料袋。

"是什么？这个东西。"爷爷凑到眼前，眼睛吧嗒吧嗒眨了好几下。

"波子汽水糖，是装在乾先生寄存的雕塑里的哦。"

我把塑料袋里的东西统统倒在手心里。R先生和我分别吃了两粒，还剩三粒。

"您带着这种东西走来走去可是很危险的啊。假如又遇上了盘查……"

爷爷说着，眼睛还是离不开波子汽水糖。

"没关系的。这个一放进嘴里立刻就化得无影无踪了。来，您尝尝看。"

爷爷诚惶诚恐地捏了一粒放进嘴里。波子汽水糖在他粗壮的指间显得格外小巧。爷爷抿住嘴唇，眼睛吧嗒吧嗒猛眨了好几下。

"这东西，好像甜甜的。"

他摸了摸胸口，像是要再次确认那种甘甜。

"好吃吧？其余的也全都送给您了。"

"真的吗？这么珍贵的东西，实在太难得了，太难得了。"

每次波子汽水糖融化一点时，爷爷就抿住嘴唇抚摸胸口。全都吃完后，他双手合十，低头说："多谢您的款待。"

　　"好啦，我先回去等您了。"

　　我挥挥手。Don 短吠了两声，为了尽快下山，我又给它戴上了狗绳。

　　"好，回头见。"

　　爷爷坐在瓦砾堆上眯眯笑着。

　　那是我和爷爷最后的别离。

25

接到医院打来电话说爷爷在肉店门前倒下，是在七点半左右。绕再远的路也不该回来得那么晚，我正有些担心，想要去外面探探情形时，电话铃声响了。不知道是护士小姐还是其他工作人员，电话里的那位女士语速很快，而且杂音严重，让我无法准确了解所有内容。我只知道，总之要尽快赶往医院。

我用漏斗话筒向R先生说明情况后，只带了个钱包就飞奔出门了。本想半路上打辆出租车，倒霉的是一辆也没见着，最终我一路跑到了医院。

爷爷没在病床上，而是躺在一张不锈钢工作台样的装置上，那装置有四条带有万向轮的细长的腿，除此之外再无装饰。房间贴满瓷砖，冷冰冰的。爷爷身上盖着一层布，是张边缘开了线、触感粗糙、发黄了的毯子。

"他倒在路边，是被救护车拉来的，到这儿的时候已经没了意识，心脏也停止了跳动，我们采取了所有急救措施，尽到了最大努力，还是于下午七点五十二分宣告死亡了。……关于死因，是否是因为颅内出血导致，还有待于进一步详细检查……"

医生在旁边不停说着，我几乎一句也没听进去。那位素不相识的男子毫无波澜的声音在我耳朵深处卷起层层漩涡。

"近来遭受过头部的强力击打吗？"

我抬头看着医生，想要开口，却胸闷到一个字也吐不出来。

"出血的位置不在大脑内部，而是靠近颅骨外侧，这种情况以外伤造成居多。不过，也有可能先是心脏病发或者别的什么病因，倒在路旁时头部受到了重创，所以……"

医生再次开始以相同的语调说着。

我揭开那层布。先是看到了爷爷的手，它们叠在爷爷胸口，那是已然什么都做不了了的双手。我想起地震时爷爷被压在餐柜下面，耳朵里流出暗色的血，想起他戳不中泡菜，摸不准雕塑里面的东西。或许从那时起，就已经一点一点开始出血了。

"可是，爷爷还修好了排水沟啊，而且还把 R 先生的头发理得利利索索的呢。"

我嗫嚅着，然而声音都被瓷砖墙吸入，似乎没有传到医生耳朵里。

脚下扔着一个购物筐，里面装着肉店的袋子和萝卜叶。

葬礼办得小心谨慎。参加的不过远房亲戚——爷爷堂哥的孙子和侄子夫妇、昔日同事，以及住处附近的几位邻居。当然，R 先生只能在密室里独自私下祝祷。

我很难接受爷爷的离世。在此之前已经失去了好几位对我而言非常重要的人，但是这些别离跟爷爷的离去并不相同。妈妈、爸爸和奶奶去世时，我也切切实实地悲从中来。舍不得他们，梦想假如可以的话，还想和他们再见上一面，后悔在他们生前对他们任性妄为或者态度恶劣，然而这种苦楚会随着时间的流逝自然而然地淡去。死亡跟随时间一并缓缓远离，于我们而言，最终留下的唯有至为珍贵的记忆。我们自身生活的地方的法则不会因为死亡发生任何动摇，记忆也不会改变法则。无论失去多么重要的人，裹挟着我的消失依然存在，不会有任何改变。

不过，这次似乎有所不同。除了悲伤，我还感受到了更加莫可名状、令人不适的不安感。并非是指没了爷爷的协助，担心自己还能否照顾好 R 先生这种实际的不安，而是爷爷不在了，我所站立的这块地方，都仿佛陡然被偷梁换柱成了一团无可支撑的棉花。

我孤零零地独自站在这团棉花上，再没有人抚慰我，牵我的手，帮我弥合出现空洞的内心。当然，或许 R 先生也能给我劝慰，但他始终只能困在那个四四方方的空间里面。在深一脚浅一脚缺乏安定感的棉花上下到这个房间极其困难，而且我没办法在他身边滞留太久，之后必须返回原来的场所，而且是孤身一人。

笼罩着我和 R 先生的世界的材质太过不同，就像试图用浆糊把滚落在院子里的小石子儿粘在折纸上一般。

"小姐，没关系的。这次试试看我准备的浆糊呀。"

会这样说着递给我新型浆糊的爷爷已经不在了。

我为了让自己鼓起勇气，每天努力埋头工作。清晨早早起床，为 R 先生准备些力所能及的饭菜。在公司，时常充斥我的大脑的是如何能够最为高效无误地完成交付给我的工作这种问题。在市场，无论队伍多长我都不放弃，扎进人群，随机应变，无论如何都会将购物篮填得满满当当。清洗的衣物——用熨斗熨得平平整整，重复利用穿不了了的衬衫做成枕套，开了线的毛衣拆掉重新织成背心。把厨房和浴室打扫得光洁发亮，每天带 Don 散步，做好屋檐上的除雪工作。

可是，入夜后钻进被窝时，随之而来的不是睡眠，而是繁重不堪的疲惫和惶惶不安。一闭眼，神经就格外兴奋，泪水夺眶而出，久久无法入睡。无奈之下，我只好坐在桌前，铺开稿纸。我并不知道这样是否有用，但除此之外再也想不到其他可以让我熬过夜晚的法子。

"来来，只要中意的只管拿去啊。"

每次下到密室里，R 先生总会这么说着，借给我两三件"物品"。虽说是让我选中意的……但实际上我衰弱的内心是无法翻涌起这样的心情的，为免令他失望，我才适当地指两件刚好看到的东西。

盯着看够了，就摸一摸，闻一闻，打开盖子，拧拧螺丝，翻过来，对着灯光照照，吹口气试试。"物品"形状各异，相应地也有了各种不同的处理方式，尽管我并不了解这样处理是否妥当。

"物品"偶有显露出某种特别表情的瞬间。浅浅的轮廓曲线和深浅不一的影子出现在我的视野一角。我突然想到，莫非这就是他所期待的内心的变化？但那只是转瞬即逝，我还没反应过来就已消失不见了，我无法依靠自身力量让它重返，而且带有表情的"物品"少之又少，大都只是冷冷地低着头。

这样度过夜晚并不能疗愈爷爷去世带来的不安，但总比瑟缩着在床上哭泣略好一点。我有时也会连续两晚邂逅特别表情的瞬间，一晚遇到三次的时候也有过，也有连续四晚毫无变化的日子。渐渐地，我开始热切期待那样的瞬间出现了。因为那就像是把我引向 R 先生的光的印记，而那光会照亮我内心的空洞。

一天夜里，我下定决心，尝试动手在稿纸上写下文章，也是为了将些微被照亮的空洞的风景留在纸面上。自从小说消失以来，这还是头一次。我笨拙地拿起铅笔，字要么从格子里撑出，要么过于局促，总是写不正好，而且我对于自己写出的东西能否称为文章也没什么自信，只管移动手指。

"我把双脚浸在水中。"

花了一晚上写下的只有那么一行字。我反复出声朗读，却说不好这些文章从哪里来，会去向何方。

返还"物品"时，我怯怯地把稿子递给 R 先生。就这么一行字，他的视线却在稿纸上停留了好长时间。

"胡乱涂抹的东西，不值得特地拿给您来看的。对不起，您团一团扔进垃圾箱吧。"

看他始终沉默不语，我想我一定是令他失望了。

"写什么都好，都是了不起的进步不是吗？因为过往不是用块橡皮就可以把纸擦得烂兮兮的那种东西啊。"

他郑重其事地把稿子放在了桌上。

"说有进步也太夸张了，不过是随性涂抹的几个字而已，或许到了明天就什么都写不出来了呢。"

"不，故事已经开始启动了哦。"

"是吗？我倒是没那么期待。那个，水是什么？脚浸在里面是什么感觉？我都一无所知啊，就传达不出意义。"

"意义什么的并不重要呀，要紧的是潜在文章深层的故事。您现在正在努力把这要紧的东西捜出来呢。您的内心正在奋力找回已经消失的东西。"他鼓励我说。

他或许只是为了不让因爷爷去世而倍受打击的我承受更

多苦痛，随口说说的吧。即便如此，我也不会介意。能够有他温柔以待，不需要什么理由，怎样都好。

"水里没有一粒尘埃。"

"我俯瞰到了草原。"

"有风吹过，草原上出现图样。"

"是小老鼠啃奶酪的图样。"

我依然在摸不到故事感觉的状态下，每晚一行地勾连着文章。格子和文字之间的大小慢慢趋于平衡，渐入佳境，组织语言时手不自觉的颤抖还是没有改变。

"就是这个感觉！推进得很顺利啊。"

他边说边把稿纸一张张码齐摞好。

爷爷去世之后的第一次消失来临了。我躺在床上集中精神，探寻这次消失的究竟是什么。外面一片肃杀，不必担心人们的喧嚣。那么这次消失的到底是与我们毫无关联的特殊事物呢，还是不值一提的小东西呢？我想起来了，却诡异地像是被高密度的空气缠住了身体。窗帘的缝隙透过来的光线是灰色的，今天天气似乎不怎么好，或许又下大雪了吧。我早早出了家门，去赶七点的地面电车，消失日的道路总是杂乱不堪。

我叠好被子，竟然发现了不可思议的东西。那东西紧紧贴在我的腰上，我又是扯又是按又是拧，怎么都取不下来，俨如用烙铁焊上一般。

"什么啊，这是。"

我烦躁地抱紧枕头，感觉自己如果不抓紧什么，就会从床上滚落。但凡身体什么部位稍微一动，贴附在腰间的那个物体就碍手碍脚，让人站也站不稳。

脸在枕头上靠了一会儿，直到心情平静下来。刚才碰触那个物体的感觉还凉凉地留在掌心。我该不会得了什么恶性疾病吧？或许一夜之间生了巨型肿瘤。可是，我带着个这东西可怎么去医院呢？我又往腰里瞄了一眼，那东西依然原模原样地横在床上。

总不能一直待在这里，我还是决定起床换上衣服了。先是迈出右脚，缓缓抬起上半身，中间那物体扑通一声掉了下来，合着这个节奏，我也一把将它往地上一甩，撞翻了垃圾桶，里面的垃圾散落一地，我也顾不上理，径直爬到衣柜那里，拉出毛衣和裤子。

毛衣总算穿得周正，问题是裤子。裤子上为什么有两个入口呢，右腿伸进去之后，接下来该怎么办，这让我一筹莫展。那物体不像是要离开我腰间的样子，仍旧默默望着我这边。我倒是不怕它来攻击我，拿出了万夫莫开的大无畏气势来。可越看它越像是裤子的另一个入口恰好能够容纳的形状，不论长短还是肥瘦全都严丝合缝。

我试着两只手抓住那个物体，放进裤子的洞里。它又重又相当不配合，放进去很是费劲，但最终如我所想，它嗖地一下躲进了裤子里，就跟事先量好了尺寸一样。

这个时候我才终于发觉：这次消失的，是左腿。

想走下楼梯又不跌倒很难，须得抓住扶手，小心翼翼地一级一级挪动物体（消失了的左腿）。出门一看，外面层层积雪，行动更加不便了。我稍加迟疑，还是给左脚也套上了鞋子。

附近的人们慢慢聚集到马路上，大家都在为如何应对自己的身体而苦恼，看起来也都在害怕假如勉力为之会不会疼痛万分。有人扶着墙走，有的家人之间彼此搭肩而行，也有像前帽子匠人叔叔那样拿伞用作拐杖的。

"这可真不知道怎么办才好了啊……"

有人嘟囔了一句，众人点头，之后再没人出声。这个种类的消失对所有人来说都是头一遭，很难预想接下来事态会如何演变，人人惊慌失措。

"在此之前意想不到的东西也消失了许多，可再没有比这回更让人吃惊的了啊。"在我斜前方的阿姨说。

"以后会变成什么样啊?"

"也不会怎么样吧，无非是岛上又多了一个空洞罢了，不就跟每次消失一个样吗?"住在西边不远处的公务员叔叔回答。

"可这没法不管不问啊。身体分崩离析了，就组不到一起了。"前帽子匠人叔叔用伞尖拄在雪里说。

"很快会习惯的。一开始可能有点辛苦，但这种情况也不会就这一次。光是这长短的差异、习惯新的空洞的感觉就需要相当长的时间，没必要战战兢兢啦。"

"就我个人而言，膝盖疼的老毛病单方面消失了，倒是件好事呢。"说罢，住在我前面两栋的阿姨笑了。我也随之嘴角松弛，露出浅浅的微笑。

大家聊着天，时不时看一眼自己的左腿，假想着或许在雪地里冻一冻，腿又归位了。那是寄托了可怜巴巴的仅存希望的眼神，可是左腿并没有发生任何变化。

"那个……"

我鼓足勇气说出了适才到现在始终盘旋在心头的事情。

"我们怎么处理左腿才好呢？"

公务员叔叔没忍住低声哀叹，常年膝盖疼的阿姨吸了吸鼻子，对面的太太骨碌碌来回转动伞柄。沉默降临。大家或许都在各自探寻合适的答案，又或者只是在等待某人告知一二。

就在这个时候，马路对面走过来三名秘密警察。我们紧张起来，立马凑近身体立在路旁，以免碍事。要是抱着左腿在这种地方磨磨蹭蹭，难保不会被找茬儿。

他们一如既往地穿着制服，来回巡视。我最先留意的是他们的左腿，看到那三条腿都待在跟昨天一样的老地方，多少松了口气。连秘密警察都不知道如何处理的话，也就不会非难我们了吧。厉害的是，他们的行走方式照旧雄赳赳气昂昂，全然不会让人察觉今天早上突如其来遭遇了闻所未闻的消失的侵扰，身上有什么麻烦物件累赘着。他们将平衡把握得恰到好处，像是做好了预案，预先训练过了似的。

确认他们从眼前走过，直到在视野里消失不见后，前帽子匠人叔叔开口道："连秘密警察都还是暂且原样粘在身上走来走去的话，我们是不是也不用急着处理啊？"

"是啊，总不能不管不顾地拿锯子锯下来吧……"

"烧了，埋了，冲走，丢掉。就算存在各种方法都不适用的消失，不理会不就行了？"

"或许能从里面发现一种好的方法呢？"

"或许，顺其自然就好，不是吗？自然而然地慢慢腐烂，就像枯木倒下一样，说没就没了。"

"是的，是的。"

"没什么好担心的。"

大家各抒己见聊了一阵子，可能各自获得了内心满足，各回各家了。人们还是没办法像秘密警察那样走得潇洒自如，老奶奶挂着门柱，前帽子匠人叔叔用伞尖扒拉着雪块进退维谷。

从小屋里跑出来的 Don 惴惴不安地摇着尾巴，在玄关前转来转去。一看到我的身影，急匆匆地踏雪飞奔而来，发出撒娇的哼鸣。我定睛一看，它的左后腿消失了。

"原来如此，你也丢失了和我们相同的东西。别害怕，没事的。"

我紧紧抱住 Don，它的后腿无可依托地晃来晃去。

那天夜里，R先生在床上帮我按摩紧贴在我腰间的物体，他不停地为我按了许久，仿佛这样可以让我的左腿失而复得似的。

"我小时候发烧时，妈妈经常这样为我按摩身体呢。"我小声说。

"瞧，您的腿并没有消失。因为您记得起这么重要的事情啊。"R先生微笑着，加大了按摩的力度。

"是吗……"我含混地点点头，视线转向天花板。

实际上，妈妈的手触感和R先生完全不同，他的温暖甚至丝毫没有传导到我的左腿，我感受到的只是物体和物体相互摩擦嘎吱作响的不适感。可要是照实说，又担心伤到了他煞费苦心的一片好意。

"瞧，您看看啊。这里并排长着五只脚趾。从大脚趾开始，每个都规规矩矩的。血管若隐若现，滑溜溜的，像水果皮似的水灵灵的呢。还有，这里是脚后跟，这里是脚脖儿，右脚也有相同部位哦。看，是左右对称的。膝盖勾勒出漂亮的曲线，让人忍不住想用双手去抚摸。从上面一路按下来，就知道人体骨骼有多复杂了，感觉现在还会动起来似的。小腿肚温温软软的，大腿皮肤紧实白皙。我能感受到您的左腿的一切，感受到每一处细小的伤痕、黑痣，还有痘印。那么，为什么说它消失了呢？"

他跪在床边，手下的按摩一刻也不曾停歇。

我一闭上眼睛，越发强烈地意识到自身产生的空洞感。空洞处没有残存一丁点儿记忆片段，充盈着满满当当百分百透明的水。他的手努力搅浑这潭水，浮上水面的却只有小小的气泡而已，气泡闷声不响地瞬间破灭。

"我好幸运，能有人在身边这么用心地为我呵护本该已经失去的东西。按说基本上全岛的左腿都被什么人扭到一边，被孤独打败。"

"我很难想象外部世界会变成什么样。这样陆陆续续有许许多多东西消失的话……"

"可能没有您想象的变化那么大。人们只是缩缩肩膀，不吵不闹，只有空洞不断在这个残存的世界里不断增多，就像往常一样。不过这次这个铁律好像有所动摇。对大家来说，消失的东西没有处理干净而是长期持有这样的经历还是头一回。有您在，我都习惯了，感觉还好。"

"因为在处理消失这方面，大家都不惜投入大量的时间。"

"嗯，不过这次更费事了。烧掉、粉碎、扔海里、用药物溶化都不成，大家都为这个头疼得很。眼下顶多就是在尽量别让左腿被看见方面下下功夫罢了。不过我觉得大家总会平静下来的，以怎样的形式实现我是不知道，但总有一天一切都会归于平静的。"

"归于平静，是什么意思？"

"也就是能在我们心中找到一个完美收纳左腿空洞的场所啊。"

"你们为什么总是这样呢？这个那个都让它们消失了。就像我需要您一样，您的左腿也不可或缺啊……"

他垂下眼帘，叹了口气。我把手伸到他的睫毛前，可左腿快要从床上滑落了，没办法，我只能保持原地不动。他双手抱紧我的左腿，在我的小腿肚附近吻了一下。这一吻像低语，又像拥抱，安安静静。

如果我能原原本本接收到他的嘴唇的触感，如果尚未消失的皮肤、肌肉和血液能接收到的话，那该多好啊。然而我的左腿残存的只有被黏土按上去似的压迫感而已。

"想就这样再待一会儿。"我说。

就算这触感只是虚空一场，我也想多看一会儿他抱紧我的空洞的样子。

"好，只要你喜欢，多久都可以。"

26

接下来的日子里，我们已经习惯了抱着消失的左腿生活的日子。当然，自然没办法像从前一样了，但身体掌握了新的平衡，确立了与之相适应的日常节奏。不抓着点儿什么就无法站立啊，小心过度无法顺畅行走啦，摔得一塌糊涂啦，类似情况都不见了，人人都已经能够自如地掌控自己的身体。

就连 Don 都能撒欢狂奔了，乐此不疲地爬到狗窝顶上晒太阳，撞上院子里的树枝抖落积雪。有时它兴奋过了头，大块雪块砸到头上，急急慌慌跑到我身边来求助。我帮它擦擦小脸，摸摸下巴后，它一点不接受教训，又瞄准更粗壮的树枝去疯了。

等了很久，也没见左腿有腐烂掉落的迹象，它依旧牢牢嵌在腰间的皮肉组织上，可是并没有人为此忧心忡忡，如今大家已经记不起自己腰间原本附着的是什么了，所以也没必要担忧怎么处理了。

因记忆搜捕而被带走的人数急剧增加。之前想尽一切办法混入我们之间的人由于左腿的消失，已经没办法再蒙混过关了。但我还是十分惊讶：时至今日，既没有转移进密室也没被秘密警察逮捕，仍然悄悄过着普通生活的人竟然还有如此之多。他们怎么都模仿不来微妙的新式身体平衡方式，不论怎样努力，模仿得多么逼真，可力量分配、肌肉线条和关节活动总有点儿不像那回事，秘密警察一眼就能识破。

因为记忆追捕一天天变严以及爷爷过世，R 先生和太太之间利用百叶箱进行的联络一直处于中断状态。我们担心电话被监听，可我直接前去又更加危险。太太写来的信件、送来的东西是 R 先生和外部世界关联的唯一纽带，但要想保全他，让他躲在密室与世隔绝是上上之策。于是，我们决定利用电话铃声。选定一个特定日子的特定时间，电话铃声响三声挂断，他就知道这是平安的信号。再打回去，铃声响三声，就代表知道了。

　　时隔许久，当我带着传达这一暗语的信件再次来到小学时，发现百叶箱不见了。或许在地震中倒塌了，又或者被雪压垮了，已经破碎得七零八落。我从摞成一堆的木板之间窥到了碎掉的温度计，犹豫了好一会儿不知道怎么办才好，最终还是决定把信塞进了木板中间。本来就是早已被人抛诸脑后的百叶箱，现在一坏，越发没人会注意到它了吧？对我们来说反而正中下怀。唯一担心的是，太太有没有放弃前来寻找信件。

　　我还在一点点继续着将不得要领的文字连词成句的工作。虽说之前写小说时的那股劲儿冷了下来，也不见有恢复的征兆，但跟那晚图书馆大火燃烧一整晚照亮了暗夜之后的一段日子相比，几个字句还是慢慢蹦了出来。被关在钟楼里的打字员的指尖、机械室地板的纹路、堆积如山的打字机的样子、拾级而上的他的脚步声模模糊糊地在脑海里浮现。

　　但是，要填满空白稿纸还是颇为困难，花上一个晚上，能组织起来的语言也寥寥无几。有时倦了，我的内心生出一股冲动，想把稿纸统统从窗户扔出去。但每每双手拿起从密室借来的"物件"，做个深呼吸，情绪又镇定下来。

渡轮一点点消失在海上。我带 Don 散步路上必定来到图书馆附近，坐在瓦砾之上看着大海稍事歇息。那里人迹罕至，远远只听得到沿海公路上车辆开过的声音，此外一片静默。有传言这里会跟植物园一同夷为平地，建造秘密警察的大楼，不过燃烧过后的瓦砾堆始终堆在原处，不见有动工的迹象。

"你还记得爷爷坐在这里的样子吗？"我对着 Don 喊道，"万万没想到那是最后一面。"

Don 懵懵懂懂地跑回来。

"那侧脸有哪里不对劲吗？跟平时没什么两样啊。表情明明认认真真，让人信赖，亲切温和，可为什么在我心里浮现出来的爷爷的样子却凄凉得不得了呢？总感觉想要求助，又顾忌着什么说不出口，无力地垂着头。他半边脸遮在影子里，快要哭出来似的，却还虚弱地努力让我看到微笑。每当这个表情浮现在脑海，我就感觉难过得站也站不稳。爷爷喊着：'没什么好担心的，已经没事了。'他伸出胳膊，却哪里都够不到。是啊，爷爷已经去世了。"

我一个人自言自语着，从口袋里拿出一片薄脆饼干，用指尖碾碎了扔给 Don。Don 朝后一仰跳起来，在空中完美接到。我拍拍手对它表示褒奖，它鼻尖抬向天空，一次又一次地央求我再给一些饼干。

"要是我能再早一点发现爷爷脑袋里面的血块，爷爷就能得救了吧。"

我试着将心中挥之不去的悔恨讲了出来。尽管我明白这样做并不能抚平自己内心的悔恨，甚至还会徒增苦闷，可我还是在这里一遍一遍地重复悲伤。这个时候，Don 在一旁咀嚼着薄脆饼干。

渡轮一天天往下沉，看起来过不了多久就会完全沉入海平面以下看不见踪迹。现在有时浪头要是高些，仅存的船尾就会淹没在波涛之中。

每当想到渡轮完全沉没的样子，我的胸口就像针扎般地疼。当我登上山丘，望着海平面上却什么都看不到时，我还能记起那里曾经有过什么吗？我还能永永远远地记得和爷爷一起在一等船舱吃蛋糕，设立密室计划，倚在甲板扶手上远眺夕阳吗？我想，靠我这颗衰弱的心很难很难。

到了右胳膊消失时，人们已经不再像上次那样困惑不已，不再为不知道发生了什么而躺在床上苦闷，不再发愁如何穿衣服，不再烦恼如何处理消失的物件。大家对于或早或晚总会发生这件事都有了心理准备。

身体部位消失时不用费劲带着变得没必要的"物品"聚集到广场上烧掉，或是扔进河里冲走，大家安安静静地淡然处之，没有喧嚣，也没有骚乱，只是抱着新形成的空洞一如往常地做些清晨的准备。

当然了，日常生活还是出现了细微变化，抹不成指甲油了，必须考虑单用左手来打字的新方法，择菜更费时了，套在右手上的戒指挪到了左手……不过，这都没什么大不了的，在铺天盖地的消失中随波逐流的话，也会被自然而然地带去某个收纳场所。

我已经没办法自己一个人拿着餐盘下密室的梯子了，需要一边当心别把饭菜洒了，一边把餐盘递到入口处后，靠R先生扶着，才能一级一级慢慢走下梯子。反过来，爬上梯子，扣上盖板，将身体从狭小的入口向外抽出也相当吃力。他总是提着一颗心从下面仰头望着我。

"说不定有那么一天，我就没办法再进出这间密室了呢。"我说。

"没有的事。有我把您抱上去，没关系的。就像公主抱那样。"

他举起双手伸到眼前，那双手长年不见天日，只是做些铺铺床单、择择豌豆、洗洗碗筷这些简单工作，但还是孔武有力。掌幅宽大，充满力量感，跟我像是用石膏固定住的细长小棍似的右胳膊大相径庭。

"真要那样的话也很棒啊。"

"嗯。"

"可是，要怎样抱住消失了的身体呢？"

他双手放在膝头，盯视着我的侧脸，似乎不太明白我在问什么，眼睛连眨了两三下。

"我永远都能触碰得到您身体的每一个部位哦。"

"不，您没办法触碰到消失的事物啊。"

"为什么呢？瞧，这里，这里……"

他抓住从我腰部和肩部奔拉下来的两根石膏棍。裙摆摇曳，我的头发挂在了脸颊上。

"嗯，您的确用心地照顾着我的身体。不论八音盒、渡轮票、口琴，还是波子汽水糖，都能完美唤起它们存在于这个世界时的作用。可即便如此，也唤不回存在这件事本身。就像烟花仙女棒噗地燃起一样，只能在那一瞬间照亮过去的记忆，光又很快消失，这样一来很容易让人遗忘刚刚被照亮出现在这里的是什么，一切都是幻影。您抓住的不管是左腿还是右胳膊，或者是摆在这里的这些东西，都是这样。"

我把挂在脸颊上的头发别到耳后，环视着满屋子的"物品"。他的手从我身上拿开，脚从拖鞋里一会儿伸进去一会儿脱出来。我的小腿肚和手腕上都留下了他的手指的痕迹，一时半会儿消不掉，它们又恢复了石膏块状态。

"身体会这样一点点消亡殆尽吗？"

我的视线从脚尖移动到膝盖、腰部和胸部。

"您这样不行啊，考虑什么问题都那么消极。"

"考虑不考虑的，消失总会来啊，无处可逃。接下来会是哪个部位呢？耳朵？喉咙？眉毛？剩下的腿和胳膊？还是脊背？依次一个个消失下去，最后还能剩下什么呢？哦不，可能什么都不剩了吧，估计是。我整个人都会消失吧。"

"怎么可能？我们现在不是好好地面对面在一起吗？"他搂住我的肩膀拉到自己身边。

"您所看到的并不是真正的左腿和右胳膊啊。不管您怎么帮我按摩，怎么紧紧抱住我，那也不过是一具空壳而已。真正的我现在正在渐渐消失啊，真真切切在悄无声息地被吸入空气和空气之间的缝隙之中。"

"我不会让您去任何地方的。"

"我也哪儿都不想去，只想和您待在一个地方，可是做不到啊。到了今天，您和我的心被分隔在了遥远的地方。您的心感受到的，有温度、安稳、清新，有声音有香气。可我的心却在渐渐冰冻，总有一天会粉碎成冰粒，在您触碰不到的地方融化的。"

"您哪里都不用去，就待在这里。对，起码这里是安全的，因为密室就是保存失去的记忆的地方啊。跟绿宝石、香水、照片、日历一起，藏在这个飘浮在空中的小屋里。"

"我？……藏在……这里……?"

"对啊。"他点点头。

"可以这样吗?"

我摇着头。我从没想过这件事，大脑一片混乱。就在这个当口，我的右胳膊从床上滑落，正好掉到了他的腿上。

"可以啊。封在雕塑里的东西，还有我，都被保护在这间密室里。不是连秘密警察也找不到吗?"

"我明白，最后时刻已经逼近了。之前消失都是毫无前兆突然到来，可到了自己的身体的时候，却有种微妙的预感，是种皮肤紧绷麻痹的感觉。三天之后，十天之后，两周之后，又会有什么消失了。我好害怕，不是害怕自己会消失不见，而是害怕和您分开，怕得不得了。"

"没关系的，不要害怕，我会在密室里好好保护您的。"

说完，他把我横放在了床上。

　　有时我都感觉不可思议。我为什么没有更加恨他呢？原本明明可以痛骂他一场，就算明知道没用也可以打他一顿，无论如何也要拼命让他吃点苦头的。因为他夺去了我的声音，骗了我，把我关在这样的地方。

　　然而，我并不恨他。不仅如此，甚至还会在他偶尔表现出的细微关怀里感受到温柔。他会为了让我更加方便拿到勺子而调整勺子的摆放方向；他会轻轻帮我拭去飞溅到眼皮上的肥皂沫，以免进入我的眼睛；他会帮我解下换衣服时挂在拉链上的发丝……就是一些这样的瞬间。跟他犯下的重罪相比，这些的确微不足道。尽管如此，每当我看到他的手指只为我而动时，还是心存感激。有些荒唐，但没办法，这就是我的真实感受。

或许，这是我和这个房间越来越密不可分的证据吧。在外部世界所持有的感情退化、变形成与这里相匹配的样子。

近来，我的视力一天天变得模糊。打字机小山、床、调钟的棍子、散落在桌子抽屉里的各种物品，全都被一层纱蒙住，轮廓模糊。从钟的缝隙向外看也是同样，本应是播撒着明亮光线的午后时光，我看过去，教会中庭的草坪却是灰扑扑的，聚集在一起的人们的身形也都影影绰绰分辨不清。

因此，不论洗脸还是换衣服，我都只能慢慢来，不是被修理钟的工具绊倒，就是被椅背撞到腰。他在身边时，我更是紧张。即使我做了这种蠢事，他也不愠不怒，但也不会施以援手，只是一言不发，脸上挂着他独有的微笑。

日复一日，我的眼睛越来越不中用，唯独他的一切总能看清，捕捉到他手指的所有动作。视野里只剩下他一个，其余全都沦为黑暗。

有一天发生了一点小事。那是正午刚过，他下楼去给初级班授课之后不久发生的事。我听到有爬上钟楼的脚步声，和他的脚步声不一样，那声音更加细小，更加从容。那声音中途在楼梯平台一度中止，稍作停留后，又继续往上走。

"是谁呢？竟然会到这个地方来？"

我有些不知所措，不知道那人是敌是友，和他是什么关系，对我的情况是否了解，为什么穿过打字教室爬到这么高的地方来。短短时间之内许多疑问涌上来，我的大脑乱成一团。想来在此之前还从来没有除他之外的人到过这里，包括我自己，到打字教室学了好几年，也从没想过再往上走到上面的塔顶来瞧瞧。

从脚步声来判断，必定是女性无疑，而且是年轻女性。因为鸟嗓啄木质台阶般的声音，由此可以判断大致是穿着浅口皮鞋，鞋跟上贴了黑色塑料防滑底。

她本身似乎也很迷茫，像是不知道这长长的楼梯尽头到底有什么，甚至感受到了一种恐惧。随着一步步靠近机械室，脚步声的间隔也渐次拉长。也许她的心中不是迷茫或恐惧，而仅仅是累了，毕竟机械室的楼梯又窄又陡，还超级长。无论如何，最终，她还是辗转来到了门前。

咚，咚，咚。她敲了三下。我抱住膝盖，坐在地板上一动不动。我头一回知道，古旧的木门会发出如此干脆又澄澈的声音。他从不敲门，因为他总是咣当咣当晃着钥匙串打开门锁。

我想这是我逃离的最佳机会。是打字班的学生对某种声响产生怀疑，或者单纯只是出于好奇心来到了这里。即便我没办法发出声音，只要我马上跑过去敲敲门，就能通知她我的存在。这样一来，她应该会去向教会求助，叫来警察，撬开门锁，总之有所行动。我即将重见天日。

然而我蹲在那里全身痉挛，动也动不了。心脏剧烈跳动，嘴唇发抖，额头汗津津的。

"啊，快啊，不快一点儿她就要走了啊。"我在内心呐喊。

可另一个自己又在按捺着我说："不行，必须老老实实待着啊。"

"怎么向她说明这种境况呢？告诉她，他教我打字，夺去了我的声音，把我和堆成小山一样的打字机一并关在这种地方，如今承受着什么遭遇吗？这么错综复杂，她能信吗？而且怎么表达好呢？我已经一个字也说不出来了啊。不光语言，我的耳朵、眼睛、肉体，身体所有部位都变形成了和这个房间相适应的状态，也就是对他来说最佳的状态。假如她把我救出去，我还能取回不见了的东西吗？我能在这座打字机小山里找到隐藏着我声音的那一台吗？没了他的庇护，我能保持好自身的平衡吗?"

另一个自己不断重复着可怕的提问。我堵住双耳,把头埋在膝盖上,屏住呼吸,盼着她能放弃,给我下楼去。我实在没有走向外部世界的勇气。

不知道僵持了多久。她又是摸锁,又是拧把手,又是叹气,终于还是离门越来越远,走开了。脚步声呈螺旋形,越来越往下了。脚步声消失得无影无踪之后,我仍然有一会儿动弹不得。哪怕有一丁点儿动静,我都竖起耳朵,唯恐是她杀个回马枪。

我从钟的缝隙里往外一看才察觉,原来已经临近傍晚时分了。我自然是没被敲门的她发现。中庭混杂着许多下午放学的学生和来上夜校的学生,只是每一位看过去都是一片暗影。我衰弱的视力分辨不清她们的样貌、服装和鞋型,只有他站在花坛边谈笑风生的样子鲜活刺痛地投射在我的视网膜上。

那天晚上,他带着一如往常奇奇怪怪的衣服出现了。衣服不像过去那样束手束脚,但在设计无法在外部世界通用这一点上还是没有改变。材质普通,多余的装饰一概没有,针脚乱七八糟,这些无不令我感到失望。不是因为我期待穿上更怪的奇装异服，而是我想，服装的漫不经心代表着他对我的热情衰退了。

"今天有什么人来过吗？"他冷不防地突然发问。

我心里一惊，刚刚接过来的衣服掉到了地上。他怎么会知道这件事的？既然知道，又为什么没有阻止她呢？这可是会泄露天大的秘密的啊……我纳闷地低下了头。

"谁来敲过这扇门了吧？"他步步紧逼。

我轻轻点了点头。

"你为什么没向她求助？"他一边捡起掉落的衣服一边说。

"你有好多种可以让她知道你的存在的方法吧？回敲房门，弄响椅子，把打字机扔到墙上，有好多办法吧？"

我吃不准该怎么回答，只是呆立在那里。

"你为什么不逃？也许她可以把你从这里救出去的，那样你就自由了。"

他碰了碰我的下巴。

"可你没那么做，而是留在了这里，为什么？"

他坚持要一个理由。他本该十分清楚，一个失去了语言能力的人不可能去说明理由。那么他究竟要的是什么呢？我的身体已经变得僵硬。

"她啊，是刚进初级班的学生。"

他总算停止了质问。

"打字技术一般般，还打不了整篇的文章，是只能一个一个简单的字词咔哒咔哒打出来还错漏百出的水平。这女孩今天忽然来问，钟楼最上面变成什么样了？说是小时候和机械室的守钟人老爷爷一起去玩过，挺想念的，所以想再爬上去看看。我没有反对。我说，守钟人老爷爷已经不在了，那里现在就是个仓库，想看就去塔顶看看好了。我就那么说的。"

"你为什么不阻止呢？万一她发现我，你打算怎么办呢？"我盯视着他。

"我相信，你已经不可能再去外部世界了，跟有没有人敲不敲门都没关系。你已经半渗入了这间房间。"

"渗入"这个词久久回响飘荡在二人之间。我接过衣服换上。设计简单，因而换装倒也没费什么事。除了腰部略微紧一些，其余都挺合身。

"她在门外说什么了吗？"

我摇摇头。

"那真是遗憾。你也没能听到她的声音啊。她的声音很有魅力，不算是单纯的娇滴滴或是优美，而是具备令人印象更加深刻的特征。声音里混合着鼻腔深处空洞回响的幽深、舌间的濡湿、振动嘴唇黏膜的危险，以及穿透鼓膜般的甘美，是我之前从来没听过的类型。"

他将目光投向打字机小山。从钟的缝隙吹进来的风晃动着天花板上的灯。

"在打字方面表现平平，不，可能得算是平均线以下，都快把 W 和 O、B 和 V 给搞混了。打字时也驼着背，手指像小孩儿似的又短又粗，也还没学会换色带。但她只要一开口，周围就光芒四射。声音真是特别的活物。"

说完，他抱起我送到床上。

"你打算把她怎么样？为什么要对我说这些？你打算把她的声音怎么样？"

我在他的怀里挣扎，但可能是奇装异服的关系，身体不过是原地动了动，他单用一只左手就一把抓住了我的双手手腕，轻而易举让我动弹不得。

"得再让她多多练习打字，以便让她尽快正确敲出更多的键，这样我就可以慢慢把她的声音封进打字机，让她完全失声，打字机的键就一毫米也动不了了。"他说。

那天之后很少见到他的身影了，连着好几天我独自一人度过的时候变多了。别说衣服了，连食物都没办法保证供应。有时一天一餐，有时三天两顿，都是冷掉的蔬菜大杂烩和面包，放到门口就走了，甚至不让我多看他几眼。门也只是开到仅供餐盘塞进的幅度，只敲敲餐具就下楼去了。

我的眼睛和耳朵不断衰退。肉体剥离内心，被放逐到机械室微暗的地板上。他还怜爱我时，我也曾经水灵、丰腴、优雅，如今却形同一块黏土。这真的是我的腿、我的手、我的乳房吗？就连我自己也没了自信。没了他指尖的触摸，我甚至无法正常呼吸。

和关在这个房间里的我相依相存的只有他。他甩手离开，我该怎么办呢？光是想想，我就怕得发抖。

一天夜里，我在洗手池里放满水，把双脚浸在水中，只为确认自己的脚是否真的存在。水里了无尘埃，一泓清澈，凉丝丝的。我从脚尖开始缓缓浸进去。

可是什么都没感觉到，只有小腿肚附近有点痉挛，腿就像迷茫地晃荡在半空中一样。存在是什么？我已经记不起那种感觉了。

我爬上洗手台，朝窗外看去。满月爬上夜空，这点微弱的光亮对我的眼睛没什么帮助。我看到了街区和延展到天际的草原。草儿在风中摇摆，描绘着图样，是小老鼠啃奶酪的图样。为了确认，我把手、脸部、胸口全都泡进水里，还是一样。我这一存在正在被不断吸入遥不可及的地方。

今天是他没来登门的第几天了呢？我最后一次进食似乎已经是很久以前的事了。上次吃了五厘米左右法式面包的边角、一勺橘子酱。对于我虚弱的身体来说，法式面包有些硬得过了头。之所以虚弱，不仅是因为没有得到食物，也是我越来越深地渗入这个房间的结果。我放弃咬断面包，只舔了橘子酱。塞在枕头下的面包已经发霉。

我横躺在床上，竖起耳朵，等待他爬上塔来的脚步声。

"一定是他吧。"

可总是事与愿违。只是风的恶作剧，或是老鼠跑过的声音。

他为什么不来了呢？我不光声音，身体、情感、感觉，一切的一切都已经是为他而存在了啊。拼了命地、彻彻底底地，不惜渗入这个房间。

此时此刻，他正在教她打字吧。耐心地、亲切地、触碰着她的手指吧，为了早一天把她的声音封进打字机。

我闭上眼睛，自己也清楚：最后的时刻正在逼近。我祈祷在失去声音的同时，伤痛和苦闷也都随之消失的那个瞬间到来。或许不用担心，就像按下打字机按键将活字抬起后，活字自然会"啪嗒"落下。

脚步声传来，是他。后面还跟着另一个拘谨的脚步声，是贴着塑料防滑底的女式浅口皮鞋。两个声音相互碰撞、重合，渐渐靠近房门。她大概抱着一台打字机吧，一台塞满声音、按键无法按动的打字机。

我没了形迹，正悄无声息地被吸入，或许会跟自己久违的声音重逢吧。脚步声停下了，他在旋转钥匙。

最后的时刻到来了。

我放下铅笔，精疲力竭地趴在桌上。除了搜肠刮肚寻找语句的艰难，肉体上也非常疲惫，因为我残存的身体部位也已经非常有限了。

我的左手写出的字颤颤巍巍，满篇笔画宛如即将消失似的细得发抖，所有字都像是在哭泣。我摞好稿纸，用夹子夹好，我不是很确定这是否是他所期待的故事。语句的勾连终于辗转来到了最后一步，我终于完成了留给他的唯一的东西，然而在故事的结局，"我"也消失了。

小说并未消失许久，可我一笔一笔写到现在却走了好远的路。地震发生，渡轮沉没，乾先生的雕塑碎掉，"物品"从中现身，去别墅取雕塑，遭遇盘查，以及爷爷去世。一桩桩一件件无不在偶然间左右着我们，切切实实指向了一个方向，那里有什么等着我们，岛上的人们隐隐约约感觉得到，但谁都不会特意说出口。没有人害怕，也没必要逃走。大家都明白消失的性质，对于如何应对心中有数。

只有R先生为了把我留在这里而煞费苦心地尝试抵抗。我清楚，他的所做所为都是徒劳，可就是插不上嘴。他为我揉捏着变成空洞的身体，为我讲述各种"物品"的相关记忆。他将小石子投进我内心的深沼，小石子却只是漫天飞散，没有落进沼底。

"您真的很努力啊，能再拿到您的稿子真是开心呀。我又想起了和您之间一直有故事存在的那个时候。"他爱怜地抚摸着那摞稿子说。

"可这好像并没能阻止我内心的衰弱。故事是完成了，但我还是在失去我自己。"

我倚靠在他的胸前，排山倒海的疲惫笼罩了我，让我无法支撑自己的身体。

"那，好好休息一下吧。在这儿美美睡上一觉，很快就能恢复精神的。"

"就算我消失了，故事还会留下的吧？"

"当然啦。您一字一句写下的文章，会成为一个个记忆在这个世界流传，在我永不消失的内心存在的，所以放心吧。"

"太好了，能留下一点儿，哪怕只有一点，自己曾经在这个岛上存在的痕迹。"

"今天晚了，睡吧。"

"是啊……"

我闭上眼睛，很快沉入了梦乡。

最开始没了左腿时，大家都不知道如何自处，走路晃晃荡荡。可到了今时今日，人们身体的绝大多数部位都没了，却没人晃晃荡荡了。身体部位少了，整体性变好了，更好地适应了满是空洞的岛上的空气，就像枯草堆被风吹起，轻飘飘地漫天飞舞。

Don 已经没法再跳起去顶树枝让雪落下来玩了，它琢磨着使用仅存的左前腿、下巴、耳朵和尾巴能做的动静小的新游戏。有时它还跟从前习惯的那样，午睡时团起身子，想把头搁在后腿上，却发现那里空空如也，露出一脸懵懵的小表情，然后立马放弃，拖过毛毯当作枕头替代品。

岛上静寂的密度逐渐增加。旧的东西朽烂的速度和新的东西产生的速度之间的差距不断拉大。镇上的餐厅、电影院和公园闲置了，地震震裂的道路无人修补废弃在那里，汽车数量减少，渡轮慢慢沉入大海从视线中消失。

所谓新产生的东西，无非田里鲜少露面的萝卜、白菜和水芹，毛线工厂的阿姨编织的毛衣和围毯，油罐车不知从哪里运来的燃料这些东西，其余只有下个不停的雪，唯有雪毫无消失的意思。

我忽然想到，爷爷在身体消失之前离去是幸运的，这样我才能直到今天还能回想起自己最喜欢的爷爷的大手的感觉。

爷爷已经失去了太多种种样样的东西。与其继续活着等待消失，的确是在起码肉体还属于自己时死去来得更安乐一点。躺在不锈钢台面上的爷爷变硬变冷了，手腕、肩膀、胸膛和腿上还留有守护着我和 R 先生的体贴和那健壮的样子。

可是，也许这个顺序并不重要，最终都会消失的吧。

我平淡地重复着日复一日千篇一律的生活，去公司，左手打字，带 Don 散步，制作简单的餐食，晒床单消毒，还有晚上和他一起在密室度过，想不出其他任何值得做的事。

爬下密室狭窄的梯子越来越困难了。我出声招呼的同时，一下扑进他张开的双臂之中，他总能稳稳地接住我。

可是，不论我们俩在床上相拥得多么紧，二人之间的空隙还是不可避免地越来越大。不对等的两个人，强壮、生机勃勃的他的身体和羸弱纤细没有表情的我的身体，任一部分都没办法紧密贴合。尽管如此，他依然没有放弃，努力将我拉向他身边。每每看到他拼命张开臂膀再缩回、转头、屈膝，我都心里酸酸的，掉下泪来。

"别哭呀。"

他说着，用手掌拭去我脸颊上的泪水。那时我想：啊，幸好我的脸颊还在。与此同时，我的心里又蔓延起不安情绪，假如脸颊也消失了，泪水流去哪里呢？他的手掌去擦拭哪里呢？想到这里，我又泪水盈眶了。

写就故事的左手、垂泪的眼睛、泪水流经的脸颊依次消失，最后剩下的，是声音。但凡有轮廓的存在统统失去了，唯有声音在漫无目的地飘荡。

即使扑向他的臂膀，我也没办法下到密室去了。虽说拉不起来沉重的盖板，却能通过仅有的缝隙钻进去。从这个意义上来说，身体完全消失带来一种解放感。但是看不见摸不着的声音一个不留神就随风远去了。

"声音么，可以放心的。"我说，"声音么，我想是可以安安静静稳稳当当地迎来最后的最后那个瞬间的，伤痛、苦涩、悲惨也都留不下的。"

"别去想这些。"他想拉过我的胳膊，却没能如愿，我那无处安放的手浮在空中。

"您终究可以走出这里，可以在外面自由自在生活的。秘密警察不再追捕记忆了。只剩声音了，还怎么抓人呢？对吧？"

我想微笑，随即发现自己做不到。

"外面冰雪覆盖一片荒芜，但只要您保有充实的内心就没问题，您一定可以一点点融化世界的僵硬。其他一直躲在密室里的人们肯定也都会出来的。"

"没有您和我一起，一切都没有意义。"

他仍在想尽一切办法触碰我的声音。

"不，我已经毫无用处了啊。"

"为什么？为什么啊？"

他的双手捧住他所认为声音飘荡到的地方，那和声音真正存在的地方之间总有偏差，但即便如此，我也能够感受到他的温暖。

空气流动变了，像是发出了信号，声音开始从外沿慢慢消失。

"就算我不在了，也请好好保留这个密室。愿能通过您的内心让记忆一直在这里延续下去。"

我的呼吸逐渐困难。我环视了一周这间密室，地板上摆放的各色物品中也有我的身体，夹在八音盒和口琴之间，双腿伸向一边，双手合拢抱在胸前，闭着眼睛。他大概会像旋动八音盒的发条、吹起口琴那样，抚摸着这具身体，一遍又一遍试图唤醒我的记忆吧。

"不管怎么努力，你还是走了。"他将笼罩声音的空气抱在胸前。

"再见……"

我最后残留的声音虚弱嘶哑。

"再见……"

他痴痴地望着双手间的空洞，过了许久才告诉自己，那里已经什么都没有了，他无力地垂下双臂。然后，他一级一级缓缓爬上梯子，打开盖板，来到外部世界。那一刻，阳光倾泻下来，瞬间又被遮挡，盖板嘎吱关上了。与此同时，微微传来掩上地毯的动静。

我在封闭的密室之中消失了。

Hisoyaka na Kesshô

Copyright © 1994 by Yoko Ogawa

First published in Japan in 1994 by Kodansha Ltd., Tokyo

Simplified Chinese translation rights arranged with Yoko Ogawa

through Japan Foreign-Rights Centre/Bardon-Chinese Media Agency

图字：09 - 2004 - 473 号

图书在版编目（CIP）数据

秘密结晶/（日）小川洋子著；姚东敏译. —上海：
上海译文出版社，2022.11
ISBN 978 - 7 - 5327 - 9123 - 1

Ⅰ. ①秘… Ⅱ. ①小…②姚… Ⅲ. ①长篇小说—日
本—现代 Ⅳ. ①I313.45

中国版本图书馆 CIP 数据核字（2022）第 200466 号

秘密结晶

［日］小川洋子 著 姚东敏 译
责任编辑/吴洁静 装帧设计/柴昊洲 封面设计/Tyler Comrie

上海译文出版社有限公司出版、发行
网址：www. yiwen. com. cn
201101 上海市闵行区号景路 159 弄 B 座
杭州市宏雅印刷有限公司印刷

开本 787×1092 1/32 印张 11.5 插页 5 字数 128,000
2022 年 12 月第 1 版 2022 年 12 月第 1 次印刷
印数：0,001—8,000 册

ISBN 978 - 7 - 5327 - 9123 - 1/I·5666
定价：68.00 元